ばかみたいって言われてもいいよ

3

吉田桃子
momoko yoshida

講談社

ばかみたいって言われてもいいよ③

もくじ

装画・挿絵／ゆの

1 いまだに片思《かたおも》い中《ちゅう》。

「おーい、杏都《あんづ》ー」

カーテンを閉《し》めきった窓《まど》の向こう側。

隣《となり》の家の窓から、詩音《しおん》が私《わたし》を呼《よ》んでいる。

「杏都、いないのかよー」

ここにいるよ。

私は、ここにいる。

部屋で膝《ひざ》を抱《かか》えたまま、私は心のなかで返事をした。だけど、心の声が詩音に届《とど》くはずはない。ましてや、私の姿《すがた》さえも見えていないこの状態《じょうたい》では、どんな奇跡《きせき》が起きたって無理な話だ。

それからも、詩音は何度か私を呼んでいたけれど、やがてあきらめたのか声が聞こえなくなった。

……ごめん、詩音。

もう、前のように窓越《まどご》しに話すことが私《わたし》にはできそうにない。


二学期が始まって、一か月が過《す》ぎようとしている。来週からは、もう十月。さすがに夏休み気分はなくなったけれど、気温が高くなる日は、まだ夏のように暑い。

「返却《へんきゃく》、お願いします」

放課後の図書室。私は、借りていた本を貸《か》し出《だ》しカウンターの上に置いて、図書委員の生徒に声をかけた。

「あ、すみませーん」

さっきからおしゃべりに夢中《むちゅう》で私がいることにも気づかなかった図書委員が、あわてて本を手にとる。

貸し出しカードに返却のハンコを押《お》してもらい、ふたたび本を受け取る。この学校では、借りた本は、返却手続きをすませたら、自分で本棚《ほんだな》へ戻《もど》すことになっているのだ。

本棚へ本を戻すと、私は、今日借りていくための本を探《さが》す。

……どうしよう。この際《さい》、ものすごく長い物語に挑戦《ちょうせん》しようか。

そう思って、目についた文庫本を手にとったときだった。

「杏都ちゃん」

場所柄《ばしょがら》、小さなささやき声で話しかけてきたのは、友人の瑠奈《るな》だ。瑠奈は、ジャージの上に番号がついた蛍光色《けいこうしょく》のベスト型《がた》ゼッケンを着ていた。番号は「7」。

「下駄箱《げたばこ》を見たら、スニーカーがあったから。まだ学校にいるなら、図書室かなって。当たりだったね」

「瑠奈、大丈夫《だいじょうぶ》なの？　部活、ぬけだしてきたんでしょう」

私《わたし》に言われて、瑠奈は「えへへ」と肩《かた》をすくめ、笑う。

「いいよ。部活っていっても、わたしのところはピンポン玉うって遊んでるようなものだから」

瑠奈は卓球部《たっきゅうぶ》に入っている。だけど、生徒の人数が少ないこの中学校は、部活の種類も少ないうえに、どれも活動は週に二回と、かなりゆるい内容《ないよう》なのだ。そのため、三分の一くらいの生徒は帰宅部《きたくぶ》で、私もそうだ。

「わ、杏都ちゃん、すごい。そんな長い小説、読むんだ」

私が手にしている文庫本を見て、瑠奈が驚《おどろ》きの声をあげた。私が借りようとしているのは『風《かぜ》と共《とも》に去《さ》りぬ』という小説の第《だい》一巻《かん》。

「私、この映画《えいが》が好きなんだ。だから、小説も読んでみようかなって。映画と内容が少しちがうみたいだし」

「ウソ！　わたしも好き。嬉《うれ》しいな、杏都ちゃんと好きな映画《えいが》が同じだなんて。ものすごく古い映画だから、好きって言うの、なんとなく恥《は》ずかしくて、今までずっとだまっていたんだ」

さすが、家が本屋さんをしているだけあって、瑠奈は古い物語もよく知っている。

私《わたし》との共通点を見つけた瑠奈の目が、きらきらと輝《かがや》きを増《ま》していく。

「主人公のスカーレットって、きれいなのはもちろんだけど、それよりも困難《こんなん》に負けないっていう内面がすてきだよね……って、いけない。わたし、杏都ちゃんに伝えたいことがあってここに来たこと忘《わす》れそうになってた。あのね、杏都ちゃんが注文してくれた本が入荷《にゅうか》したって。さっき、親からスマホにメッセージ入ってたんだ。一秒でも早く伝えたいから、杏都ちゃんがまだ帰ってなくてよかった」

「ありがとう。じゃあ、今日、帰って着替《きか》えたら、瑠奈のうちの本屋さんに行くよ」

私たちは『ここから商店街《しょうてんがい》』という商店街に住んでいる。瑠奈の家は『竹本書房《たけもとしょぼう》』という本屋さんなのだ。

「瑠奈ったら、なにしてるの。トーナメント戦やるから早く体育館に戻《もど》って」

卓球部《たっきゅうぶ》の仲間が瑠奈を呼《よ》びに来た。

瑠奈は「いけない」というふうに肩《かた》をすくめ、「それじゃあ、杏都ちゃん。また明日《あした》」と手を振《ふ》る。

「うん。バイバイ、瑠奈」

私《わたし》は、持っていた文庫本を借りることにした。カウンターで貸《か》し出《だ》し手続きをすませ、図書室を出る。

学校から家へ帰ると、すぐに着替《きが》えをして、私は、ふたたび外へ出た。行き先は、瑠奈のおうち、『竹本書房』だ。

『竹本書房』の店先には、週刊誌《しゅうかんし》やコミック雑誌《ざっし》が並《なら》ぶラックが置いてある。その隣《となり》には、私の身長くらいある、くるくると回転するタイプのラックがあり、そこには、幼児《ようじ》向《む》けの雑誌やテレビアニメの絵本が並んでいる。それを見るたびに、小さいころ、こんな本読んでいたなって懐《なつ》かしい気持ちになるんだ。そして、あのころは十四歳《さい》の私が、こんなに悲しい気持ちでいるなんて夢《ゆめ》にも思わなかった。小さいころは、毎日が見えないなにかで守られていたように幸せだった。だけど、それは幸せなんかじゃなくて、ただ知らないことが多すぎただけなのかもしれないって、今の私は思う。

なかへ入ると「いらっしゃい」という瑠奈のお父さんの声が聞こえてきた。レジ台でいそがしそうになにかを書いている。

「こんにちは。注文していた本を受け取りに来ました」

私《わたし》が声をかけると、おじさんが顔を上げ、ずり落ちたメガネを指でくいっと押《お》し上《あ》げた。

「ああ、杏都ちゃん。いつもありがとう。えっと、頼《たの》まれてた本は……」

レジの後ろにある本棚《ほんだな》から本を取りだし、おじさんは「はい」と表紙を見せてくれた。

「わあ、これです。取《と》り寄《よ》せてくれてありがとうございます」

「いやいや、こちらこそ。いつも杏都ちゃんのおうちにはたくさん本を買っていただいて」

「おじさん、いそがしそうですね」

私が言うと、おじさんは笑った。

「夏以来、この注文がぐっと増《ふ》えたよ」

おじさんが見せてくれたのは「お悩《なや》みカルテ」と書かれた紙だった。

『竹本書房』では、「本の処方箋《しょほうせん》」という企画《きかく》をやっている。これは、お客さんが、今抱《かか》えている悩みや考えごと、知りたいことなどを「お悩みカルテ」用紙に書いて提出《ていしゅつ》すると、書店の主《あるじ》である瑠奈のお父さんが、そのひとにあった本を三冊《さつ》ピックアップしてくれるというものだ。なにが届《とど》くか、お正月の福袋《ふくぶくろ》みたいな楽しさがウケて、注文は今、三か月待ちになるくらいだと、おじさんは話してくれた。

「夏休みに、杏都ちゃんがSNS《エスエヌエス》で『ここから商店街』を紹介《しょうかい》してくれたおかげだよ。あれで、うちのことを知ってくれたお客さんが増えてね。今は、日本全国いろんなところから注文が入ってるんだ」

「だけど、ひとりひとりにあう本を選ぶのって大変じゃないですか？」

「そうだね。なにも決まらないまま一日が終わっちゃうときもあるし、あまりお待たせしているると、そのひとの悩《なや》みが解決《かいけつ》してしまうんじゃないかって焦《あせ》るときもあるよ。まあ、それはそれでいいことなんだけどね」

仕事のじゃまをしてはいけないので、私《わたし》は、注文した本を購入《こうにゅう》すると、すぐにお店を後にした。

外に出ると、ゴーン、とお寺の鐘《かね》の音《ね》が聞こえてきた。毎日、夕方五時になると鳴るのだ。

紙袋《かみぶくろ》に入れてもらった本を抱《かか》えて、家路を急ぐ。

もし、今の私が瑠奈のお父さんに「お悩みカルテ」を出すなら……。

「かなわない恋《こい》は、どうすれば忘《わす》れられますか？」

そんな悩み、友人のお父さんに言えるはずもない。

それに私、この恋を忘れたいと思ってる？　自分に問いかけ、ううん、ちがうと首を横に振《ふ》る。

いつのまにか、私が住んでいる『和菓子《わがし》のかしわ』にたどりついていた。そして、うちの隣《となり》にあるのが『桜井薬局《さくらいやっきょく》』。

私《わたし》は、自然と『桜井薬局』の二階を見上げていた。

あの窓《まど》の向こうに、詩音がいる。

私と同じ中二なのに、いつまでも無邪気《むじゃき》で子どもっぽくて……、だけど、困《こま》っているひとをほうっておけない優《やさ》しさを持っている詩音に、私は何度も助けられてきた。

今から数か月前、六月にここへ引《ひ》っ越《こ》してきたときには、いやなやつって思った詩音のことを好きになってしまうなんて。

詩音に、自分の気持ちを伝えたかった。あの憧《あこが》れのワンピースを着て告白《こくはく》するシーンを何度も思いうかべた。だけど、それは無理なんだと知ったのは、二学期の初め、詩音が言ったことがきっかけだった。

——「杏都って、女子って感じじゃなくて、なんか話しやすかったんだよなー」

席替《せきが》えで離《はな》ればなれになる前、詩音はそう言った。それが、どういう意味かって、恋《こい》が初めての私にもわかる。

詩音にとって、私は恋愛関係《れんあいかんけい》に発展《はってん》するような女子じゃないってことだ。さらに、「私は詩音の女子ギライを克服《こくふく》するリハビリ的存在《てきそんざい》」なんて自虐的《じぎゃくてき》なことを言って、笑ってしまった。

最低。

私、自分のたいせつな気持ちを自分でめちゃくちゃにしてしまったのだ。土のなかにいた種ががんばって出した芽を乱暴《らんぼう》につむみたいにして……。

だけど。

それでも、この気持ちがなくなるということはなかった。

片思《かたおも》いだとわかっても、私《わたし》は、まだ詩音を好きなままなんだ。

最近、本ばかり読んでいるのは、この片思いのせい。本の世界にひたっているときは、苦しい気持ちを忘《わす》れることができる。


夜、お風呂《ふろ》と歯みがきをすませて、私は自分の部屋で読書をする。だけど、どんなに本の世界に入《はい》り込《こ》んでいても、ふとした瞬間《しゅんかん》、視界《しかい》のはしに見えるのは、赤いチェック地に、ど派手《はで》なフルーツ柄《がら》のカーテンだ。私が、ここへ引《ひ》っ越《こ》してくると知ったおじいちゃんとおばあちゃんが、はりきって『ここから商店街』のインテリアショップで買ってきたという、昭和レトロなカーテン。そのカーテンを開ければ見える窓《まど》の、すぐ向こうには詩音がいる。

――「おーい、杏都ー、いるかー?」

なにかというと、詩音はそうやって窓越《まどご》しに、私に向かって声をかけてくる。

二学期になっても、それは変わらなかった。それなのに私は、最近、詩音の呼《よ》びかけを無視《むし》するようになっていた。だって、詩音の前でどんな顔をしていいかわからないから……。

こんなことを続けていたら、夏休み中に、せっかく縮《ちぢ》まったと思っていた詩音との距離《きょり》も、また離《はな》れてしまう。

本当なら、今すぐにでもカーテンを開けて詩音の名前を呼《よ》びたい。また、窓越《まどご》しで話をしたいよ。こんなに近くにいるのに……。

2 もうすぐ文化祭。

クラス委員が黒板に文字を書いた。

『文化祭のクラス別出し物について』

今日の六時間目は、特別学級会。この時間を使って、三週間後に行われる文化祭についての話しあいをするのだ。

「どんなことをやりたいか、どんどん発表してください」

教壇《きょうだん》に立つクラス委員はそう言うけれど、教室はしーんと静まり返っている。

ああ、いやだな。

こういう話しあいがうまくいったのを、私《わたし》は見たことがない。しかも、文化祭の出し物には、いろいろな条件《じょうけん》があり、「学校から出せる予算はクラスごとに一万円ずつ」「火を使うものは禁止《きんし》」「参加したひとの心を傷《きず》つけるものはNG《エヌジー》」などが、事前に配られたプリントに書いてある。

「あっ。いいこと思いついた！」

突然《とつぜん》、手をあげたのは詩音《しおん》といっしょになってよくふざけているお調子者男子の太田《おおた》くんだ。

「えっとー、マッチングアプリみたいのを教室でやっちゃうのはどうですかー？」

太田くんの発言に、教室は一気にざわつく。

「なにそれ。実際《じっさい》にやるんだから『アプリ』っておかしくない？」

「ほら、あれ！　テレビでやってる大勢《おおぜい》でやるお見合い大作戦みたいなやつ？」

誰《だれ》かが言ったことに太田くんは「それそれ」とうなずいている。

「二年二組お見合い大作戦！　これで決まりじゃないですか？」

太田くんに続いて、男子の「おおー」という声があがる。

「ちょっと待ってよ！」

ガタンといきおいよく席を立ったのは、きゆらちゃん。箭内《やない》きゆら。……詩音の隣《となり》の席の女子だ。

「その出し物は、文化祭のルールとしては違反《いはん》だと思います。ちゃんとプリント読んだ？　たしかに楽しそうだけど、参加したひとの心を傷《きず》つけるものはNG《エヌジー》ってあるじゃない」

「へえ。じゃあ、お見合い大作戦をやったら、どんなひとが傷つくっていうんですかあ？」

男子のひとりが、きゆらちゃんに質問《しつもん》をぶつけた。にやにやして、この状況《じょうきょう》をおもしろがっているかんじだ。イヤミなやつ。本当は、どんなひとが傷《きず》つくかなんて、聞かなくてもわかっているくせに。

きゆらちゃんは、質問をしてきた男子を見つめ、言った。

「真剣《しんけん》に恋《こい》をしているひとが傷つくからです」

その発言には、さっき太田くんが意見を出したとき以上のどよめきが起きた。

「すっげー。なになに？　なんかマジなんですけど」

「箭内、おまえ、誰《だれ》か好きなやついるんだろ」

男子たちがひやかしても、きゆらちゃんは表情《ひょうじょう》をくずさない。さらに、きゆらちゃんは言った。

「そうかも。あたしの好きなひとがお見合い大作戦でとられたらいやだし」

ひゅーっと誰かが口笛をふいた。教室はどんどんさわがしくなっていく。とうとう、話しあいを見守っていた担任《たんにん》の柳沼《やぎぬま》先生がイスから立ち上がり、前に出てきた。さわがしかった教室が、だんだん静かになっていく。

教壇《きょうだん》に立った先生が、言う。

「僕《ぼく》も、箭内さんの意見に賛成《さんせい》ですね。ちょっと、その企画《きかく》は、文化祭の趣旨《しゅし》とは異《こと》なるみたいです。だけど、太田くんも、なにも意見が出ないなかで勇気を持って発言してくれて、ありがとうございました」

ちょうどそのとき、チャイムが鳴った。

「時間がきてしまいましたね。それでは、クラスの出し物については各自、家に帰って、あらためて考えてきてください。そうそう、出し物の内容《ないよう》が早く決まれば、そのぶん準備《じゅんび》の時間が多く使えますが、なかなか決まらない場合は、準備の時間がどんどん少なくなっていきますから、なるべく早く決めたほうがいいですよ」

先生は、にっこり笑ってきびしいことを言った。

準備の時間がどんどん少なくなる、という状況《じょうきょう》を想像《そうぞう》したのだろう。教室がざわめいた。

帰りのあいさつをして、先生は教室から出ていく。

放課後になっても、みんなはなかなか帰ろうとしなかった。いつのまにか、男子は太田くん、女子はきゆらちゃんを中心として、さっきの話題について議論《ぎろん》になってしまっている。

「きゆら、めちゃくちゃかっこよかったー」

「ホント。私《わたし》もみんなの前でカップルになるなんていやだもん」

きゆらちゃんをたたえる女子たちに対して、男子たちが毒《どく》づいている。

「よく考えたら、このクラスの女子とカップルになるなんて、ありえないよな」

「ホント、ホント。白沢結《しらさわゆい》ちゃんと比《くら》べたら、地獄《じごく》みてーな女子しかいないし」

人気アイドルと比べられたことにより、女子たちの怒《いか》りに火がついた。

「ちょっと！　今の発言、取り消しなさいよ！」

「まじでなんなの？　地獄って」

いつのまにか、私《わたし》のそばには通学用のリュックを背負《せお》った瑠奈《るな》が来ていた。

「ヒートアップしちゃってるね。男子対女子」

瑠奈がこそっと言った。私は、あいまいにうなずきながら帰るためにリュックを背負う。

「ん……。これじゃ、先が思いやられるね。文化祭、大丈夫《だいじょうぶ》かな」

「杏都《あんづ》ちゃん、今日は部活ないからいっしょに帰ろう。歩きながら、二人で、いい案がないか考えようよ」

「そうだね」

そのときだった。ふと、瑠奈から視線《しせん》をはずした瞬間《しゅんかん》、私の視界に入ってきたのは……。

「ねえ、詩音！」

きゆらちゃんが、隣《となり》の席にいる詩音の肩《かた》を叩《たた》いた。

ズキッと胸《むね》が痛《いた》む。見なきゃいいのにと思うのに、どうしても目が離《はな》せない。二人がなにを話すのか、聞き耳をたてている自分がいる。いやなのに……。

「詩音は文化祭でなにがしたい？」

きゆらちゃんに聞かれて、帰る支度《したく》をしていた詩音が「え？」と手を止める。

「そうだなあ。なんか記念に残るやつがいい。だって、文化祭とかの行事で使ったもんって一《いっ》生懸命《しょうけんめい》作っても、結局片《かた》づけてなにもなくなっちゃうだろ」

詩音が言うことに、きゆらちゃんは、うんうんと熱心にうなずいた。

きゆらちゃんが動くたびに、サラサラの髪《かみ》が肩《かた》からはらりと落ちる。

なんだか、きゆらちゃんが前よりもずっとかわいく見えるのは気のせいだろうか。ううん、きゆらちゃんだけじゃない。最近、私《わたし》の目にうつる「詩音のそばにいる女子」は、みんな自分よりずっとかわいく見える。そして、そう思うと、次に、どうせ私はかわいくないしって卑屈《ひくつ》な気持ちになるのだ。

「そっかあ。記念ね。いいアイディアありがとっ」

そう言うと、きゆらちゃんは机《つくえ》の横にさげてあった通学バッグを持ち、さっそうと教室を出ていった。

「きゆら、待ってー」

取《と》り巻《ま》きの女子たちがあわてて、きゆらちゃんの後を追っていく。

ずっと同じ方向を見ていた私の心臓《しんぞう》がドキンと高鳴る。

急に詩音が私《わたし》のいる方向を見たので、目があってしまったのだ。詩音は「あっ」というふうに口を開け、私に話しかけようとしているみたいだった。

「行こう、瑠奈」

「えっ？　杏都ちゃん？」

私は、瑠奈の腕《うで》をつかみ、足早に教室をぬけだした。そのまま廊下《ろうか》を走って、昇降口《しょうこうぐち》までたどりつくと、そこで私は瑠奈の腕から手を離《はな》した。

「はあ、はあ。杏都ちゃん、どうしたの？　急に走ったりして……」

「……べつに。その……走ったら、文化祭の出し物についてなにかいい案が浮《う》かびそうな気がして……」

私のおかしないいわけに対して、瑠奈は「なにそれ～」と笑っている。

「それじゃあ、今日は帰ったら商店街をマラソンでもしちゃう？」

瑠奈が言って、私も笑った。無理してつくる笑い顔。

本当は、詩音が私に話しかけようとしているのに気づいたから、逃《に》げただけだ。

詩音に、気づかれたよね……？　これで、また私の印象《いんしょう》が悪くなってしまっただろう。本当は、詩音に私のことを見てほしいのに。……好きになってほしいのに。それなのに、近ごろの私は、こうして詩音からわざと遠ざかるようなことをしてしまうようになった。

「すごかったね。学級会のときの、きゆらちゃん。あれって、好きなひといます宣言《せんげん》ってことだもん」

帰り道、瑠奈が言った。

「うん……」

「あ。ねえ、ねえ、それで、文化祭の出し物なんだけどね……」

並《なら》んで歩きながら瑠奈が話しているけれど、私《わたし》は心ここにあらずというかんじで集中できなかった。

頭のなかには、さっきの教室での出来事が鮮明《せんめい》に残っている。

みんなの前で堂々《どうどう》としていたきゆらちゃん。はっきり言って、かっこいいと思った。自分の意見を男子たちにひやかされても、それがどうしたの？　これが私だよってかんじで……。

『ばかみたいって言われてもいいよ』

私が、生きていくうえで掲《かか》げた決意表明。さっきの、きゆらちゃんの堂々とした態度《たいど》は、まさに、私のなりたい姿《すがた》だったといえるかもしれない。

そこまで考えて、私は、ハッとした。

もしかして……。

心臓《しんぞう》の鼓動《こどう》がドクドクと速くなっていく。いやな予感が体を包《つつ》み込《こ》み、背中《せなか》がぞわりとあわだった。

きゆらちゃんの好きなひとって……？

女子ギライを克服《こくふく》したという詩音は、二学期に入ってから、それまでとはちがって、女子ともふつうに会話できるようになった。隣《となり》の席になったきゆらちゃんとも親しげにしゃべっている。

もしかしたら、詩音だって、きゆらちゃんのことを……。

いつのまにか、瑠奈と別れる地点まで歩いてきていた。どうしよう。瑠奈の話、全然聞いていなかった。

「じゃあね。杏都ちゃん、また明日《あした》」

「うん。バイバイ、瑠奈」

心のなかで「ごめん」とあやまりながら、私《わたし》は、せめてものおわびにと、瑠奈が見えなくなるまで手を振《ふ》った。

瑠奈と別れて、一人で家までの道を歩いている間も「もしかして……」という想像《そうぞう》が止まらない。

頭のなかに浮《う》かんでくるのは、詩音と、その隣にいるきゆらちゃんの姿《すがた》……。

はっきりとした性格《せいかく》で、正義感《せいぎかん》も強いきゆらちゃんと、困《こま》っているひとを見過《みす》ごせない性格の詩音。なんだか、こうしてみると二人って、いわゆる「お似合《にあ》い」ってかんじなのかも……。

二人がカップルになったところを想像《そうぞう》してしまい、さーっと血の気が引くのを感じた。

……私《わたし》って、ばかみたい。自分で勝手にこんなこと想像して、不安になるなんて。

だけど、実際《じっさい》のところ、隣同士《となりどうし》の席になってから、あの二人はどんどん仲よくなっている。

前に、私も詩音の隣の席だったからわかる。あの状態《じょうたい》は、お互《たが》いの距離《きょり》を縮《ちぢ》めるには最高だということを。

だけど、たとえ教室での席が離《はな》れてしまったって、私は、詩音の隣の家に住んでるのに……。

私が住んでいる『和菓子《わがし》のかしわ』の隣にある『桜井薬局《さくらいやっきょく》』の看板《かんばん》を見ながら、胸《むね》が苦しくなった。でも、だめ。ネガティブな気持ちはここでいったん断《た》ち切《き》って、家に入るときは「元気な、いつもの杏都」にならなくちゃ。いっしょに住んでいるおじいちゃんたちを、心配させるわけにはいかないから。

私のお父さんとお母さんの離婚問題《りこんもんだい》で頭を悩《なや》ませているおじいちゃんたちに、これ以上の負担《ふたん》をかけたくない。

私は、すうっと大きく息を吸《す》い込《こ》んでから『和菓子のかしわ』に一歩、足をふみいれた。

「ただいま」

笑顔《えがお》で言うと、お店に立っていたおじいちゃんも、にこっと笑った。

「おかえり、杏都ちゃん。今日はおやつに栗《くり》まんじゅうを用意してあるよ。早く着替《きか》えておいで」

「わあ。嬉《うれ》しい。私《わたし》、栗って大好き。おまんじゅうも早く食べたいなって思ってたんだ」

季節にあった商品は、やっぱりよく売れるらしい。そうなると、私のおやつにまでは、なかなかまわってこない。栗まんじゅうもそうだった。

「ああ、杏都ちゃん。実は、おやつの栗まんじゅうは、理恵子《りえこ》が作って、ちょっとだけ失敗しちゃってね。味は申し分ないんだけど、形が……。これはお店に出すわけにはいかないからって、みんなでいただくことにしたんだよ」

お母さんが……。

「そっかあ。うん。着替えたら食べるね！」

自分の部屋で着替《きが》えをすませて台所へ行くと、食卓《しょくたく》におやつが用意されていた。

あたたかいお茶を用意してからイスに座《すわ》り、小声で「いただきます」と言って、おまんじゅうを手にとる。

お母さんが作ったという栗まんじゅう。おじいちゃんは、形が悪くてお店には出せないと言っていたけれど、私には、どこがいけないのか、ちっともわからなかった。長年、和菓子職《わがししょく》人《にん》として働いているおじいちゃんの目は、とてもきびしいのだろう。

栗《くり》がもっている自然な甘《あま》さを生かしたおまんじゅうは、すごくおいしい。だけど……。

こうしている間も、私《わたし》の心は不安と背中《せなか》あわせで落ち着かない。

お母さんはお父さんと、よりを戻《もど》す気なのだろうか。

前に、私は、おじいちゃん、おばあちゃん、お母さんが話しているのを、偶然《ぐうぜん》聞いてしまったのだ。

お父さんが、お母さんにやり直さないかと相談をもちかけてきたということ。きっかけは、妹の月乃《つきの》が中学受験に挑戦《ちょうせん》することだった。さらに、お父さんは、月乃に影響《えいきょう》を受けて、姉である私も、レベルが高い高校をめざしたくなるかもしれない、そうだとしたら、この町よりも前に住んでいた都会のほうが選択肢《せんたくし》がいっぱいあるから、と話しているらしい。

ずるいよ。

私は、くちびるをぐっとかんだ。

夫婦《ふうふ》がやり直すために、なぜ、私と月乃を口実に使うの？

私が知りたいのは、当事者であるお父さんとお母さんの気持ちだ。

……お母さんの、本当の気持ちを教えてよ。

いっしょに住んでいるというのに、私は、お母さんに聞けずにいた。

3 『ここから商店街《しょうてんがい》』でハロウィン。

学校が休みの土曜日。私《わたし》は『ここから商店街』にある商店街組合事務所《じむしょ》へ来ていた。ここへ来ると、どうしても思いだしちゃう。引《ひ》っ越《こ》してきたばかりのころ、大人たちに向かってキレてしまったことを……。

私は、コの字形に並《なら》んだ机《つくえ》の向かいの席に座《すわ》っている詩音《しおん》を、ちらっと見た。詩音は、同じく商店街の「中二ズメンバー」（この呼《よ》び名《な》は、アイアイがつけた）の男子、康生《こうせい》くんと、陽太《ようた》くんとしゃべっている。

あのときも、大人たちにはむかった私のことを、詩音は「すげー」と言って肯定《こうてい》してくれた。詩音がいなかったら、私は、いったいどうなっていたんだろう。

「なんだろうね〜。商店街の組合から、呼びだしなんて」

隣《となり》に座っているアイアイの声で、ハッと我《われ》にかえる。

そのとき、事務所の引き戸が開く音がして、なかに誰《だれ》かが入ってきた。

「お、みんな集まってくれてるね」

やってきた人物を見て、びっくり。

「あー、串本《くしもと》さんだあ」

アイアイが言って、串本さんが「こんにちは」とほほえんだ。

串本さんは、『ここから商店街』で『CHARGE《チャージ》』という古着屋さんをやっている。私《わたし》が、あのワンピースを買ったのも串本さんのお店だ。

「きみたちがそろってるところに、こうして来ると、学校の先生になった気分」

串本さんが言う。

「あのー、なんでオレたちが呼《よ》ばれたんですか？」

康生くんが言って、串本さんがエヘンとせきばらいをする。

「今月の最後の週末に、商店街でハロウィンイベントをすることになったんだ。今年が初めての試みで、盛《も》り上《あ》げるためにきみたちの力を借りたくてね。だけど、ちょうど学校の文化祭と時期が重なっちゃうだろ？　だから、無理にとは言えないけど……」

串本さんの話に、アイアイの目がきらきらと輝《かがや》きだす。

「もしかして、もしかして！　串本さん、ハロウィンてことは、仮装《かそう》してもいいの～？」

アイアイの言葉に、串本さんがうなずいた。

「うん。実は、今日の議題はそれ。きみたち商店街の中二ズメンバーには特に仮装《かそう》をがんばってほしくて。ほら、衣装《いしょう》のことなら、ぼくが協力できるから。こういうのって、誰《だれ》かが積極的にやらないと、みんな恥《は》ずかしがって、なかなかやりにくいからね」

それを聞いて、男子たちはそろって苦笑いを浮《う》かべている。

「コスプレってか。たしかに恥ずいよな、それ」

「おれ、そういうキャラじゃないしなあ」

男子たちは、あまり乗り気じゃないみたいだ。

正直、私《わたし》もそうだ。……商店街のハロウィンイベントに、学校の文化祭。今年の秋は、いそがしくなりそう。

いつもの私だったら、イベントを楽しむ余裕《よゆう》もあったかもしれない。だけど、心配事の多い今、実は、少し憂《ゆう》うつだ。

学校の文化祭は大勢《おおぜい》がかかわっているからいいとして、商店街のイベントだと、詩音といやでもいっしょに行動することになるだろうし……。

「もーっ、みんな、おもいきってやっちゃおうよー！」

一人熱くなっているのは、アイアイだ。

「あたし、一度、ハロウィンの仮装ってしてみたかったんだあ！　やるやるっ。あたし、絶対《ぜったい》やりまーす！　っていうか、みんなもやるでしょっ」

アイアイに押《お》されるかたちで、私《わたし》たちは、おずおずとうなずいていた。そのうち、男子たちも「まあ、やってみたら楽しいかもな」などと前向きになってきた。

私たちの様子を、串本さんはにこにこ笑って見ている。

「まあ、当日、どうしても恥《は》ずかしいとか、衣装《いしょう》を着てみてイマイチだと思ったら、普段着《ふだんぎ》でもいいから参加してみてよ」

「えー、そんな、ゆるゆるで決めちゃっていいの？」

串本さんに向かって、陽太くんが言った。

「いいよ。どうせ衣装は使いまわしできるから。そうしたら、来年、誰《だれ》かやりたいって言ってくれる子がいるかもしれないだろ」

「う。なんか、そう言われると、逆《ぎゃく》にやりたくなってきたような……」

そう言ったのは、詩音だ。

串本さんって、お店での接客《せっきゃく》もそうだけど、こちら側にけっして強制《きょうせい》はしない。だからといって冷たく突《つ》き放《はな》すこともせず、ちょうどいい距離感《きょりかん》で接《せっ》してくれる。私の周りに、今までいない大人だった。

串本さんは、私たちにメモ用紙とボールペンを配りながら、言った。

「帰る前に、これに、どんな仮装《かそう》をしたいか書いて、ぼくに渡《わた》して。できるだけ、みんなの希望に添《そ》えるよう、調整してみるから……って、こうしてると、ますます学校の先生みたいだ」

「いや、学校っていうより幼稚園《ようちえん》の先生」

康生くんが、ぼそっとつっこみ、詩音の頭をくしゃっとなでた。

「おれが幼稚園児並《な》みの頭だって言いたいのかよ」

「そーそー。むかしから成長してない」

「は？　おれ、今年一年で身長五センチ伸《の》びたし」

「だから、言っただろ？　体だけでかくなっても、中身は成長してないってこと」

「ちょっ、おまえなー」

二人のやりとりを見ているみんなが声をあげて笑う。

私《わたし》は、うまく笑うことができなかった。片思《かたおも》いの苦しさにとらわれた今は、どうしても、心から笑うことができない。

「あの……。串本さん？」

瑠奈《るな》が、そっと手をあげた。

「なに？　瑠奈さん」

「わたし……。ちょっと恥《は》ずかしいので、その、杏都《あんづ》ちゃんとペアになって仮装するってことでもいいですか？　えっと、たとえば、二人で一つの世界観を作り上げる、みたいなかんじで」

瑠奈が言った。それをふまえて、串本さんが私《わたし》に向かって質問《しつもん》してくる。

「杏都さんは？　どうかな」

「あ……。私は、それでいいです」

私が言うと、瑠奈が小声で「ありがとう」と言いながら両手をあわせるしぐさをした。

「じゃあ、さっそくだけど、瑠奈、なにかこんな仮装《かそう》がしたいっていうのがあったら教えて」

「うん。そうだなあ。わたしたち、本が好きっていう共通点があるから、なにかの物語の登場人物にするっていうのはどうかな？」

「いいよ。じゃあ、思いついた物語のタイトルを紙に書いて見せあおうよ」

そうして、私と瑠奈は、メモ用紙に書きつけた文字をそっと見せあった。びっくりして、顔を見合わせる。

ビンゴ！

すごい。二人の意見が一致《いっち》した。

その後、串本さんは私たちが書いたメモ用紙を回収《かいしゅう》し、今日のところはこれで解散《かいさん》、ということになった。

商店街の事務所《じむしょ》を出て、家に帰ることになっても、途中《とちゅう》までみんな方向はいっしょだ。なぜなら、私《わたし》たちは、みんな『ここから商店街』に住んでいるのだから。

アイアイと陽太くん、詩音と康生くん、そして、私は瑠奈と並《なら》んで歩くかたちになるのがお決まりのパターンだ。

歩いているうちに「じゃあ、まったねー」とアイアイが去り、陽太くんが去り……、瑠奈と康生くんもいなくなり、最後に残るのは、家が隣同士《となりどうし》の私と詩音……。

詩音が歩く数メートル後ろを、私は歩いていく。早く歩きすぎると追いついてしまうので、一定の距離《きょり》をキープするように気をつけながら歩く。だって、だまって追《お》い越《こ》すのも不自然だし、追いついて、いっしょに歩こうよ、なんて絶対《ぜったい》に言えない。でも、後ろなら、ずっと詩音を見ていられる。

詩音。このまま、振《ふ》り向《む》かないで。

そう思う反面、立ち止まって、こっちを向いてよ、という気持ちもある。正反対の二つの気持ちが、天びんみたいにゆらゆら心のなかで揺《ゆ》れている。

私たちは、ずっとだまったまま歩いていた。そのうち、詩音の家の『桜井《さくらい》薬局』と、私が住む『和菓子《わがし》のかしわ』が見えてくる。

「杏都」

『桜井薬局』の前で、足を止めた詩音が、私《わたし》の名前を呼《よ》んだ。心臓《しんぞう》が、ドキンとふるえる。

「……………」

私は、だまったまま、その場で動けなくなった。

詩音は、一歩だけ私のほうに近づき、言った。

「最近、おれのこと避《さ》けてるだろ。なんでだよ」

詩音の言葉に、心臓の鼓動《こどう》がどんどん速くなっていく。どうしよう、なにか言わなきゃ。そう思うのに、言葉が見つからない。どうして？　前は、あんなに、ふつうに話ができたのに。片思《かたおも》いに気づいたときから、私は変わってしまった。

「部屋の窓《まど》から、おれ、何度も呼んでるんだぞ」

わかってる。本当は、聞こえてる。詩音の声。だけど、なんて言っていいか、どんな顔していいかわからないから、私はカーテンを閉《し》めきっている。

「……イヤホンで音楽聴《き》いてるから」

私のウソに、詩音は「ふうん」と相づちをうった。

「じゃあ、いいけど……。でも、あんまり冷たいと、ちょっとキズつく」

詩音はそう言って『桜井薬局』のなかへ入っていった。

鼻の奥《おく》がツンと痛《いた》くなって、涙《なみだ》が出そうになるのを、私は必死でこらえながら『和菓子のかしわ』のなかへ入る。

「杏都。おかえりなさい。商店街の集まり、なんだったの？」

お店に立っていたお母さんが話しかけてきたけれど、私《わたし》は、なにも答えずにその横をすりぬけ、二階の自分の部屋に直行した。

――「あんまり冷たいと、ちょっとキズつく」

さっきの、詩音の言葉。

私だって、そうだよ。

私だって、詩音に女子ギライを克服《こくふく》するのにちょうどいい女子だったと思われて、つらいよ。目には見えないけれど、心はもう傷《きず》だらけだ。

4 タイムカプセルに、なにを書く？

学校の文化祭。プログラムの一つには「二十歳《はたち》のタイムカプセル」というものがある。

これは、全校生徒ではなく、私《わたし》たち二年生だけが対象《たいしょう》になっているもので、この学校では十年前から取り組んでいる企画《きかく》だと瑠奈《るな》が教えてくれた。

学校で作ったタイムカプセルは町役場で保管《ほかん》し、私たちが二十歳を迎《むか》える成人式のときに開封《かいふう》するというのだ。

「どうして中学二年生が対象になっているのかな」って瑠奈に言ったら、

「わからない。でも、わたし、なにかで読んだのか聞いたのか、よく覚えていないんだけど、十四歳《さい》くらいのときに好きになったものとか、興味《きょうみ》を持ったものって、そのひとが大人になっても深く影響《えいきょう》を及《およ》ぼすみたいだよ。だからじゃないかな」

「大人になっても？」

「そう。たとえ、そのときのことを忘《わす》れてしまったとしても、無意識《むいしき》の深いところでは影響を受けているものなんだって。ふしぎだね」

と、話していた。

そう言われてみれば、私《わたし》の十四歳《さい》も、それまで生きてきたなかでいちばん、いろんなことがあった。……過去形《かこけい》にするのは、まだ早い。私の十四歳は、まだ続くのだから。

まるで十四歳革命《かくめい》ってかんじだな。

そこまで考えて、私は、ハッと我《われ》にかえった。

ぼんやり考え事をしてる場合じゃない。

自分の部屋の机《つくえ》に置いた、タイムカプセルに入れるための便せんは、まだ真っ白。こうして机に向かって、気づけばもう一時間以上たっている。

……なにを書けばいいんだろう。

便せんを配りながら、担任《たんにん》の柳沼《やぎぬま》先生は言った。

――「未来の自分へあてたメッセージは、みんな必ず書いて提出《ていしゅつ》してくださいね。内容《ないよう》を確認《かくにん》したりはしませんので、書きたいことをおもいっきり書いてください。国語の小論文《しょうろんぶん》よりはずいぶん気楽でしょう」

先生はそう言ったけれど、文章を書くのが苦手なクラスメートは、ぶうぶう文句《もんく》を言っていた。だけど、柳沼先生は、書くのはめんどうでも、後で見返したときに、文章がいちばんおもしろいのだとも話してくれた。当時、抱《いだ》いていた自分の気持ちが、まるで、映画《えいが》をみるくらいドラマチックに感じるからって。……それに、気持ちは変わっていくもの。十四歳《さい》のときの気持ちは、「今」しかないからって。

そうなのかな？

私《わたし》が、今、抱いているこの気持ちは、大人になれば消えてしまうものなの？

閉《し》めきったままのフルーツ柄《がら》のカーテン。その向こうにある詩音《しおん》の部屋。

今はこんなに苦しくても、詩音が好きだという気持ちも、いつか消えちゃうのかな。

私は、はあ……と、ため息をついた。

だめだ。このまま座《すわ》っていたって、なにも思いつきそうもない。少し休憩《きゅうけい》。あったかいココアでも飲もう。

部屋を出て、下へおりていくと、ちょうど台所から出てきたお母さんとばったりはちあわせした。

「あら、杏都《あんづ》。どうしたの？」

「……ちょっと、気分転換《きぶんてんかん》にココア飲もうかなって」

「じゃあ、牛乳《ぎゅうにゅう》をあたためるわね」

お母さんが台所へ戻《もど》ろうとしたので、私は、それを止めた。

「いいよ。それくらい自分でできるから。お母さん、仕事中でしょ」

今日は日曜日だけど、お店はいつもどおりなのだ。むしろ、日によっては、日曜日がいちばんいそがしいときもある。

「そう？　ごめんね。でも、杏都だって勉強していたんでしょう？」

「え？」

部屋にこもりっきりの私《わたし》を、お母さんは、勉強していると勘《かん》ちがいしている。

「あ、うーん。まあね」

私は、否定《ひてい》せず、そのまま笑ってごまかした。

「あっ、お母さん」

お店に戻《もど》ろうとするお母さんを、私は、とっさに呼《よ》び止《と》めた。

「どうしたの？」

「あのさ、お母さんは、この町の成人式に出てるんだよね？」

「成人式？」

いきなり成人式の話題を出したことに、お母さんはあきらかにとまどいの表情《ひょうじょう》を見せた。

無理もないよね、まだ何年も先なんだから。

「学校の文化祭でね、タイムカプセルを作るの。それを、成人式のときに開けるんだって」

「ああ、そうだったの。突然《とつぜん》、びっくりしちゃった。オシャレな杏都のことだから、もしかして、もう振《ふ》り袖《そで》の相談かと思ったわよ」

「ふふ。いくら私《わたし》でもそこまでは考えてないよ。でも、振り袖の色は赤がいいな」

「はいはい。そのときがきたら、もちろん考えておくわよ。でも、今は、おもしろそうな企画《きかく》をやるのね。お母さんのころは、ただ、中学校時代の同級生と会って、町長さんのお話を聞くくらいだったから、うらやましいわ」

お母さんの言う「中学校時代の同級生」というキーワードに、心臓《しんぞう》がドキンとする。

それじゃあ、成人式のとき、私はまた詩音に会うことになるんだ。

お母さんは、さらに、こう言った。

「このあたりでは、成人式の招待状《しょうたいじょう》は、卒業した中学校がある地域《ちいき》から送られてくるから、出席するのは、けっこう大変だったわね。お母さん、大学は地元じゃなかったから。振り袖の着付けのために前日の夜、急いで帰ってきたっけ」

お店から「理恵子《りえこ》ー」と、おばあちゃんがお母さんを呼《よ》ぶ声が聞こえてきた。

「あっ、はーい。すぐ行きまーす」

お母さんは、急いでお店へ戻《もど》っていった。

ココアをいれるため、牛乳《ぎゅうにゅう》をミルクパンに入れてコンロの火にかける。あたたまるのを待つ間、私《わたし》は、未来の成人式のことを考えていた。そのとき、ハッと気づいたのだ。

――「このあたりでは、成人式の招待状《しょうたいじょう》は、卒業した中学校がある地域《ちいき》から送られてくるから……」

さっき、お母さんはそう言った。

それじゃあ、もし、私が、この町の中学校を卒業しなかったら……。

詩音と、成人式は別々になってしまうんだ。

今の私には、その可能性《かのうせい》がある。お父さんとお母さんが本当にやり直すという道を選んだら、前の家に戻《もど》ることになるのだから。そうしたら、私が卒業する中学校は、今とは別の……。

「杏都！」

お母さんの叫《さけ》び声《ごえ》で、私は、びくっと肩《かた》をすくめた。

「なにしてるの！　牛乳《ぎゅうにゅう》が沸騰《ふっとう》してこぼれてるじゃない」

お母さんがコンロの火を消したけれど、少し遅《おそ》かったようで、鍋《なべ》から沸騰した牛乳があふれていた。

「大丈夫《だいじょうぶ》？　やけどしなかった？」

お母さんに聞かれて、私はうなずく。

「うん……。ごめんなさい、ボーッとしてた……」

忘《わす》れ物《もの》があって戻《もど》ってきたというお母さんは、私《わたし》をまっすぐに見つめ、言った。

「杏都」

ふだん私を呼《よ》ぶときとちがって、真剣《しんけん》さを含《ふく》んだ声。

「どうしたの？　最近、ぼんやりしてることが多いんじゃない？　お母さんの気のせいだったらいいんだけど、なにか悩《なや》んでることがあったら話してちょうだい。親に話したくないっていうのもわかるけど、心配してるの」

「うん……」

そんなこと言ったって……。

だって、言っていいの？　お母さん、お父さんとやり直す気なの？　私たち、元の家に戻るの？　って。

私は、詩音と同じ中学校を卒業できるの？　って。

言えない。今の私は、お母さんの答えを聞くのが怖《こわ》いからだ。

ココアはお母さんが作ってくれた。湯気のたつマグカップを持って、私は自分の部屋へ戻る。

机《つくえ》の上に置きっぱなしになった、なにも書いていない便せん。ココアを飲んで気分転換《きぶんてんかん》しても、なにも書けなかった。

私《わたし》は、便せんを汚《よご》さないよう気をつけながら机《つくえ》の引き出しにしまおうとした。そのとき、引き出しのなかに入れていた写真が目に留《と》まり、思わず、それを手にとっていた。

『ほしぞら祭《まつ》り』のときの写真だ。

七月。七夕のときに開催《かいさい》される『ここから商店街《しょうてんがい》』のお祭り。写真にうつっているのは、浴衣姿《ゆかたすがた》の私、瑠奈、アイアイ。それに、康生《こうせい》くん、陽太《ようた》くん、詩音。『ここから商店街』の中二ズメンバーだ。屋台で買ったものなのか、詩音は、顔半分をアニメキャラのお面で隠《かく》している。詩音は、やけに恥《は》ずかしがって、こんなふうにふざけてうつったのだ。

撮《と》ってくれたのは、商店街で『椿写真館《つばきしゃしんかん》』を営《いとな》んでいる店主の春木《はるき》さんというおじさんだ。私が通う中学校の卒業アルバムの写真も春木さんが撮りに来ているとみんなに教えてもらった。

写真を見た瞬間《しゅんかん》、あの日の思い出がよみがえった。屋台のにおいさえも思いうかんできそう。

詩音らしさがいっぱいつまった写真。

ふふっと静かな笑いがもれて、私は、自分の胸《むね》があたたかくなっていることに気づいた。

タイムカプセルに入れる未来へのメッセージを書くのは、今、十四歳《さい》の気持ちを大人になってから思いだせるように、と柳沼先生は言った。たしかに、思い出の力ってすごい。今だって、落《お》ち込《こ》んでいた私《わたし》が、ほんの一瞬《いっしゅん》だけど笑顔《えがお》になれた。

写真のなかの詩音を、そっと指でなでてみる。

スマホでも写真は撮《と》れるけれど、うっかり落として壊《こわ》してしまったり、水没《すいぼつ》させてしまったりと、トラブルとも背中《せなか》あわせだ。

いちいちプリントする写真なんて、めんどうだからいらないって思っていたけれど、こうして見るとすてきかもしれない。『ここから商店街』に来てから、私は、むかしからあるものが持っているよさに、たくさん気づくことができた。

あ、そうだ。

文化祭の出し物について、今、ぱっとアイディアがひらめいた。

——「なんか記念に残るやつがいい。だって、文化祭とかの行事で使ったもんって一生懸命《いっしょうけんめい》作っても、結局片《かた》づけてなにもなくなっちゃうだろ」

教室で詩音が言っていたことを思いだす。

明日《あした》は月曜日。六時間目には、また文化祭の出し物についての学級会をする予定だ。

勇気を出して、今、思いついたことを発表してみよう。

だけど、転校生の私が意見を出したら、でしゃばっていると思われたりしないか少し不安でもある。そう思ったとき、頭に浮《う》かんできたのは、みんなの前で堂々《どうどう》としていたきゆらちゃんの姿《すがた》だった。
……私《わたし》だって。
きゆらちゃんへの対抗心《たいこうしん》というわけではないけれど、私は、決意を新たにした。

5　『思《おも》い出《で》写《しゃ》真《しん》館《かん》、二年《ねん》二組《くみ》』。

「あーあ、今日こそ出し物、決めないとなー」

六時間目が始まる前の休み時間、教室は、ざわざわとさわがしかった。耳に入ってくるクラスメートたちの話し声。話題は、もっぱら、文化祭の出し物についてだ。

「知ってる？　一組、もう準備《じゅんび》始めてるって」

「えー、ヤバいじゃん！　そんなんじゃ、絶対《ぜったい》負けちゃう」

文化祭では、各クラスの出し物で人気投票も行うことになっている。出し物はなかなか決まらないというのに、うちのクラスでは、人気投票では上位に入りたいという考えの子が多いようで、教室には、じわじわと焦《あせ》りムードが漂《ただよ》っていた。

キーンコーンカーンコーン。

六時間目の始まりを知らせるチャイムとともに、クラス委員たちが黒板の前に進みでる。

「出し物について、なにか意見のあるひとはいませんか？」

さっそく話しあいが始まった。

私《わたし》は、机《つくえ》の下でぎゅっと両手を握《にぎ》りあわせる。

……ああ、やっぱり緊張《きんちょう》する。

転校初日に教室でキレた私が、こんなことでびくびくしているなんておかしな話だ。私は、いきおいで発言することはできても、こういうふうに前もって準備《じゅんび》をしてきて人前で発表することは、むかしから得意《とくい》ではなかった。

黒板には、みんなの意見が次々と書かれていく。

・おばけやしき
・教室迷路《きょうしつめいろ》
・人形劇《にんぎょうげき》
・創作《そうさく》ダンス発表会

「どれもありきたり～」

男子のツッコミに「創作ダンス発表会」という意見を出した女子が立ち上がる。

「だったら、そっちがなにかいい意見出しなさいよ！　さっきから文句《もんく》ばっかり言って。ポンコツ！」

「はあ？　なんだそれ」

二人の間にバチバチッと対決の火花が散る。

「あーあ、あんなやつと協力すると思ったら、なんかテンション下がるわー」

「うわ、サイアク！　まじむかつく！」

このままでは本気のケンカになってしまう。教室に、不穏《ふおん》な空気が流れだした。

どうしよう……。私《わたし》の意見、言ってしまおうか。

心のなかで、えいっと叫《さけ》び、私は、おずおずと手をあげた。

「あっ！　手があがってる。えーっと、あ、田代《たしろ》さん！」

クラス委員長が、ホッとしたように私を指名した。

「あの……『思い出写真館、二年二組』って、どうかなって」

どこからか「なんだそれ」というつぶやきが聞こえ、私の鼓動《こどう》は、より速くなる。

「田代さん、みんなにわかるよう説明してくれますか？」

クラス委員長に言われて、私は静かにうなずいた。

「私が住んでいる『ここから商店街《しょうてんがい》』には、むかしから長く続いているお店がたくさんあります。そのなかには、みんなも知っていると思いますが『椿《つばき》写真館』という写真屋さんがあって、店主の春木《はるき》さんは、七五三や成人式の写真のほかに、商店街のお祭りや、イベントでも、毎回写真を撮《と》ってくれるんです。町の歴史《れきし》を残して未来へ語《かた》り継《つ》ぐことも、写真館の仕事の一つだと言っていました。私《わたし》は、この前、春木さんに撮《と》ってもらった写真を見て、スマホで撮る画像《がぞう》もいいけれど、ああ、こういうふうにプリントされた写真もいいなあって、嬉《うれ》しい気持ちになりました。写真があれば、みんなも、こんな気持ちになれるかなって……」

胸《むね》の鼓動《こどう》がどんどん速くなり、私は、耳まで熱くなっていくのを感じていた。

「教室を、写真館にするんです。でも、ただ写真を撮るだけじゃ味気ないから、段《だん》ボールに背《はい》景《けい》を描《か》いたり、ミニチュアの街並《まちな》みを作って、それをバックに写真を撮ると、ガリバーみたいに巨人《きょじん》に見えたり……。そういう特別なスタジオを作るのはどうでしょうか……」

私の話が進むにつれて、教室はどんどん静かになっていく。

……私、なにかヘンなことを言ってるのかな。みんな、そんな出し物やりたくないって思っていたら、どうしよう。

みんながどんな顔をしているのか見たいけれど、私が今いるのは、窓際《まどぎわ》のいちばん前の席。目に入ってくるのは、黒板の前に立っているクラス委員、三人だけだ。もっとも、その子たちの顔も、もう見ていられないくらい緊張《きんちょう》と不安がピークになっている。

「いいと思いまーす！」

背後《はいご》から、明るい声が響《ひび》いた。

ハッとして振《ふ》り返《かえ》ると、手をあげている女子が、一人……。

「きゆらちゃん……」

きゆらちゃんは席を立つと、私《わたし》を見つめながら、言った。

「あたしは、杏都《あんづ》ちゃんの意見に賛成《さんせい》です。さらに、こういうのもどうですか？　さっき、杏都ちゃんが、商店街の写真館のおじさんがお祭りの写真を撮《と》ってくれるって話してたけど、あたしたちも、出張《しゅっちょう》カメラマンするんです。交代で、校内をぐるぐるまわって文化祭の写真を撮るの」

きゆらちゃんがそこまで話したところで、「はい」と男子の声があがった。

「でも、先生。学校行事のカメラマンとして、今回の文化祭にも『椿写真館』のおじさんは来てくれるんですよね？」

基本的《きほんてき》に、学級会の話しあいでは先生は口をはさまないことになっているけど、今の質問《しつもん》は特例ということになった。

「はい。春木さんが来て、みなさんを撮ってくれますよ」

それを聞いて、私は、心のなかで、がっくりと肩《かた》を落とした。

……それじゃあ、出し物で写真館なんてやっても意味がないよね。

「だからこそ、いいと思う！」

教室に響《ひび》く明るい声の主は、またしてもきゆらちゃんだった。

「写真館のおじさんが来てくれるなら、いっそのこと業務提携《ぎょうむていけい》しちゃえばいいと思います！　えーっと、もっとオシャレな言い方だと、コラボってかんじかな。ほら、行事の後、おじさんが撮《と》ってくれた写真を廊下《ろうか》に貼《は》りだして、購入希望者《こうにゅうきぼうしゃ》は注文をするでしょ？　ああいうやり方にすれば、写真代は個人《こじん》が支払《しはら》うから、予算内におさまるだろうし。それに、写真館のお仕事にもつながって商店街の活性化《かっせいか》にもつながると思います」

きゆらちゃんの意見に、教室のあちこちから「おおー」という感嘆《かんたん》の声があがった。さらに「いいかも」「やりたい！」という声も聞こえてきた。

私《わたし》は、きゆらちゃんの隣《となり》の席の詩音《しおん》に目をやる。

詩音は、じっときゆらちゃんに見入っている。『ここから商店街』の活性化も視野《しや》に入れたきゆらちゃんの意見に、尊敬《そんけい》の気持ちを抱《いだ》いているみたいだった。

詩音は『ここから商店街』が大好きだからだ。商店街をたいせつにしてくれるひとのことは、無条件《むじょうけん》で好きになるだろう。

胸《むね》がズキンと痛《いた》くなる。

もとはといえば、私が考えた意見だったのに……。これじゃ、私、きゆらちゃんにいいところを完全に持っていかれたかんじだ。

私は、そっと席に座《すわ》った。もうすでに、誰《だれ》も私なんか見ていないから。

「みなさん、うちのクラスの出し物は『思い出写真館、二年二組』ということでいいですか？」

パチパチと拍手《はくしゅ》が起こる。クラス委員長が黒板の「思い出写真館」という文字の横に「決定」と書き加えた。

「クラス委員長！　みんなも、もうちょっと聞いてくれる？」

発言したのは、またもや、きゆらちゃんだ。

なんだろう。根拠《こんきょ》はないけれど、いやな予感がする……。

私《わたし》は、きゆらちゃんのほうではなく、じっと机《つくえ》の上で組んだ両手を見ていた。

「杏都ちゃん」

名前を呼《よ》ばれて、ドキンと心臓《しんぞう》がふるえる。

そのままだまっていると、きゆらちゃんは、ふたたび私を呼んだ。

「杏都ちゃんが、クラスの出し物について、総監督《そうかんとく》になるってどうですか？」

えっ?!　なにそれ！

私は、とっさに体をねじり、きゆらちゃんのほうを見た。

ざわっと教室がさわがしくなったが、きゆらちゃんはおかまいなしに話を続ける。

「最初に、この意見を出したのは杏都ちゃんだし。まとめ役がいたほうがいいでしょ？　それに、杏都ちゃんって『椿写真館』もある『ここから商店街』に住んでるんだよね？　それなら、写真館のおじさんとも連絡《れんらく》をとりやすいと思って」

そんな……。

すぐに頭に浮《う》かんだのは「無理」という二文字だった。だけど、クラスのみんなは、もうほとんどがきゆらちゃんに賛成《さんせい》という顔をしている。もし、そうなればめんどうなことを引き受けなくてすむからだろう。みんなの「やってよ」という無言の圧力《あつりょく》が迫《せま》ってくるようだ。

今まで、私《わたし》はクラス委員とか、なにかのリーダーなんてやったことは、一度もない。だけど、この状況《じょうきょう》じゃ「いや」とも言えない。

どうしたらいいの……。

なにも答えられずにいる私に向かって、きゆらちゃんが言った。

「どうしても無理っていうなら、あたしがやってもいいよ。ただ、この意見は杏都ちゃんが言いだしたものだから、いちおう、と思って言ってみただけだから」

そこまで言うと、きゆらちゃんは隣《となり》に座《すわ》っている詩音の肩《かた》を叩《たた》いた。

「ね！　詩音も『ここから商店街』に住んでるんだよね？　あたしが総監督《そうかんとく》になったら、いろいろ、協力してくれるでしょ」

「え？　おれは、その」

詩音が返事をする前に、私《わたし》のなかで熱いなにかがはじけた。

ガタン！

教室じゅうの視線《しせん》が一気に私に集中する。気がついたら、私はいきおいよく席から立ち上がっていた。

「私……やる。総監督《そうかんとく》、やります！」

思わず、言ってしまった。

さっきよりも大きな拍手《はくしゅ》が起こるなか、だんだん心が冷静になっていく。

……私、今、なに言った？

「よかった！　それじゃあ、杏都ちゃん、よろしくお願いしまーす」

きゆらちゃんがにっこり、満面の笑《え》みを浮《う》かべた。

六時間目終了《しゅうりょう》のチャイムが鳴り、これで今日の授業《じゅぎょう》はおしまい。そのまま帰りのホームルームをして、下校時刻《げこうじこく》になった。

「杏都ちゃん……。大丈夫《だいじょうぶ》なの？」

心配そうな顔をした瑠奈《るな》が、私の席へやってきた。

「…………」

私は無言のまま、机《つくえ》に顔をつっぷした。ゴン、とにぶい音がして、おでこと机がぶつかる。

「あ、杏都ちゃんっ！」

どうしよう、どうしよう。私《わたし》、またやってしまった。

後のことを考えずに「今、この瞬間《しゅんかん》」のことだけで頭がいっぱいになって急発進してしまう私の悪いくせ。

きゆらちゃんが詩音に親しげに話しかけた瞬間、胸《むね》が沸騰《ふっとう》したみたいに熱くなって、気づいたら、総監督《そうかんとく》をやるって宣言《せんげん》していた。

「穴《あな》があったら、入りたい……」

私のつぶやきに、瑠奈は、ただひたすらオロオロしていた。

6 ただいま文化祭、準備《じゅんび》中《ちゅう》。

……杏都《あんづ》。

杏都。

誰《だれ》？　私《わたし》の名前を呼《よ》ぶのは？

フルーツ柄《がら》のカーテンが、風にそよいでいる。その向こうにいる誰かが、カーテン越《ご》しにシルエットになっている。

杏都。

声の印象《いんしょう》からして、男の子。それも、おそらく私とそう年の変わらない子だろう。

杏都。

今すぐにカーテンを開けて、私も呼び返したい。

詩音《しおん》。

詩音なんでしょ？

だけど、手を伸《の》ばそうとすると、カーテンのかかった窓《まど》がどんどん遠ざかっていく。

待ってよ、行かないで！

「田代《たしろ》さん」

さっきの男の子とは全然ちがう、低いしゃがれ声で名前を呼《よ》ばれて、私《わたし》はハッと顔を上げた。

目の前では、数学の斉藤《さいとう》先生が怖《こわ》い目で私を見下ろしている。教師歴《きょうしれき》は三十七年で、みんなから「おじいちゃん先生」と呼ばれているが、お寺にある仁王様《におうさま》の像《ぞう》に似《に》た迫力《はくりょく》のある顔をしていて、怒《おこ》ると怖いことで有名だ。

「いちばん前の席で堂々《どうどう》と居眠《いねむ》りする生徒は、初めて見ましたよ」

斉藤先生はあきれた様子でそう言った。

「ご、ごめんなさい……。気をつけます」

私は、急いで頭を下げた。教室のあちこちから、くすくす、と静かな笑い声が聞こえてくる。

すっかり眠気は覚めてしまったけれど、念のため、私は、自分の手《て》の甲《こう》をぎゅっとつねった。……痛《いた》い。当たり前だけど。

恥《は》ずかしい……。私、かっこわるいな。

いちばん前だから後ろの様子はわからないけど、今の私《わたし》を見て、詩音も絶対《ぜったい》笑っていただろうな。

頭のなかに、詩音と、その隣《となり》のきゆらちゃんの姿《すがた》が思いうかぶ。

――「だっせー。怒《おこ》られてやんの」

――「意外とマヌケだね。杏都ちゃんって」

顔をよせあって、くすくす笑いあう二人……。

やだ！

どうして、こんな想像《そうぞう》をしてしまうんだろう。

さっき見ていた夢《ゆめ》を思いだす。あの男の子は、きっと詩音だ。だけど、今の私には、夢のなかでさえ詩音が遠い存在《そんざい》になってしまった。

ふと、ノートに目を落とすと、居眠《いねむ》りする直前に書いた文字は、ぐちゃぐちゃで解読不能《かいどくふのう》だった。

どうしよう、これじゃノート提出《ていしゅつ》のとき、また先生に怒られてしまう。

急いで黒板を見たけれど、手遅《てお》くれのようだ。先生は板書を消して、新たな項目《こうもく》の説明にうつっていた。

……仕方ない。後で、瑠奈《るな》にノートを見せてもらおう。

いちばん前の席で堂々《どうどう》と居眠《いねむ》りする生徒は初めて、と先生は言った。私《わたし》だって、授業中《じゅぎょうちゅう》に寝《ね》てしまうなんて初めてのことだった。

出し物が決まり、文化祭の準備《じゅんび》が始まった。

ひょんなことから「総監督《そうかんとく》」に就任《しゅうにん》してしまった私。だけど、その仕事は思った以上にハードだった。

私、疲《つか》れてるんだ。だからって、居眠りしていいのかと聞かれたら、それは別の話だけど……。

この二年二組の教室を『思《おも》い出《で》写真館《しゃしんかん》、二年《ねん》二組《くみ》』に仕上げるため、必要な工作用の段《だん》ボールを手配したり、協力してくれる『椿《つばき》写真館』の春木《はるき》さんとうちあわせしたり……。

私は『ここから商店街《しょうてんがい》』をあちこち走り回った。運のいいことに、商店街にはお店の商品が配送されてきた段ボール箱がたくさんあるので、材料の調達には困《こま》らない。

だけど、私の頭をいちばん悩《なや》ませているのは……。

放課後。

文化祭まで、あと一週間。どのクラスも準備作業に追われている。今日からは、部活動も休止期間に入った。

「ねえ、そっちの絵の具貸《か》して」

「ここにあったカッター知りませんかー？」

あちこちでそんな会話が飛《と》び交《か》い、教室は、もはやカオス状態《じょうたい》。段《だん》ボールや画材などがごちゃごちゃと散らかって、ほんの数十分前までふつうの授業《じゅぎょう》をしていたなんて想像《そうぞう》もつかないくらいになっていた。完全下校時刻《かんぜんげこうじこく》の夕方五時までに、これをいったん片《かた》づけて、また元の教室に戻《もど》さなければならない。それだけでも大変なことだ。

放課後の作業中は、制服《せいふく》を汚《よご》さないようにと、みんな、体育のときのようにジャージに着替《きが》えている。

「これどうしたらいい？　総監督《そうかんとく》！」

「おーい、カントク！　こっちの材料足りないけど、どうなってるんだよ」

教室では、いつも誰《だれ》かが私《わたし》を呼《よ》んでいる。最近、一部では、私のあだ名まで「総監督」になりつつあるから困《こま》ったものだ。

……私には、杏都っていう名前が、ちゃんとあるんだから。

一瞬《いっしゅん》、黒い気持ちに支配《しはい》されそうになり、ハッと我《われ》にかえる。

いけない。いくら総監督の仕事が大変だとはいえ、引き受けてしまったのは自分なんだから。深呼吸《しんこきゅう》して気持ちを切り替えよう。

私《わたし》は、そっと深呼吸《しんこきゅう》を繰《く》り返《かえ》した。

私たちの出し物『思い出写真館、二年二組』の内容《ないよう》を、ざっとまとめると、こんなかんじ。

教室には、三つの撮影《さつえい》ブースがある。
一、おとぎの森ゾーン。ここでは、バンビや妖精《ようせい》が出てきそうな森をバックに撮影ができる。文化祭では、コスプレをする生徒もいるので、メルヘンな衣装《いしょう》を着ている子にはウケるだろう。
二、ミニチュアの街ゾーン。ここでは、小さなころ、テレビで見たヒーロー対怪獣《かいじゅう》の世界のように、まるで自分が巨大化《きょだいか》したような写真を撮《と》れるゾーンだ。
三、天使の羽ゾーン。ここでは、段《だん》ボールで作った壁画《へきが》の前に立つと、ちょうど背中《せなか》から天使の羽が生えているような写真を撮ることができる。SNS《エスエヌエス》でも、よく見かけるものだけど、女子からのリクエストが圧倒的《あっとうてき》に多かったのでやることにした。
作業は、班《はん》ごとに分けて行っている。この班というのは、単純《たんじゅん》に席の順で決められた。

私は、ミニチュアの街を作る班だ。

……ついてないな、私。総監督《そうかんとく》の仕事も疲《つか》れるのに、三つのゾーンのなかでも、ミニチュアの街は特に手間がかかりそう。いや、実際《じっさい》、苦戦中だ。

私の班は、ほかに比《くら》べると進行がずっと遅《おく》れている。

ミニチュアの街は、小さな家が少し建っているだけ。

これじゃ、街っていうより、ひとのいない限界集落《げんかいしゅうらく》ってかんじだ。早く、もっと建物を増《ふ》やさないと。そう思うのに……。

「ぎゃはは！　まじで？　ありえないって」

「本当の話だから！　それで、さらに続きがあって……」

さっきから大声でムダ話ばかりしている同じ班《はん》の男子たちを、私《わたし》は、そっとにらみつけた。

でも、私の視線《しせん》に気づかない男子たちは、作業そっちのけでムダ話に夢中《むちゅう》だ。

この班は、よりによって、やる気のない子ばかりが集まってしまった。

画用紙で二十階建てのビル作りをしていた私は、はあ、とため息をつく。

これ一つ作るのに二日もかかっちゃった。でも、これでコツをつかんだから、今度から、もう少し早く作れるはず。

私が作ったミニチュアのビル。くりぬいた窓《まど》の裏《うら》に青いセロファンを貼《は》りつけたので、光があたるとステンドグラスのようにきれいな青い影《かげ》ができる。

「やだー！　詩音、おもしろすぎなんですけどー」

きゃはははっという笑い声が聞こえる方向を見ると、きゆらちゃんが詩音の背中《せなか》をバシバシ叩《たた》いていた。

隣《となり》の席同士《せきどうし》の二人は、当然、文化祭の準備《じゅんび》も同じ班《はん》だ。詩音たちは、天使の羽ゾーン。できれば、私《わたし》も天使の羽を描《か》きたかった。ちらりと作業途中《さぎょうとちゅう》の様子を見ると、ピンクやラベンダーといったきれいな色で塗《ぬ》られた段《だん》ボールが目についた。

きゆらちゃんに話しかけられた詩音は、筆を持つ手を止め、後ろを振《ふ》り向《む》いた。

「おい、押《お》すなよ。今、はみださないよう慎重《しんちょう》に色塗ってるんだから」

詩音はそう言ったが、そこに怒《おこ》っている気配はちっとも感じられなかった。

むしろ、嬉《うれ》しそうだ。

胸《むね》がチクチク痛《いた》い。やがて、それは、詩音に対しての怒《いか》りのような気持ちに変わってきた。

なんなの？　きゆらちゃんと私に対する態度《たいど》のちがい。たしかに、きゆらちゃんは、私よりずっとかわいい。だからなの？　女子が苦手なんて言ってたくせに、実際《じっさい》かわいい子にベタベタされたら嬉しいと思うなんて勝手なやつ。

そこまで考えて、詩音が女子ギライを克服《こくふく》したのは、私が隣の席になったから、ということを、また思いだしてしまった。

「あー、もうやだ！　また、ぐちゃってなっちゃった。失敗！」

私の真向かいに座《すわ》って作業をしていた須藤《すどう》さんという女子が、画用紙を丸めて、ポイッと捨《す》てた。

「難《むずか》しいよね。ミニチュア。いいなあ、おとぎの森ゾーン楽しそう。見て、子鹿《こじか》のぬいぐるみ飾《かざ》るんだって。かわいいー」

作業を放棄《ほうき》した須藤さんの隣《となり》にいた中野《なかの》さんは、うらやましそうに別の班《はん》を見ながら言った。

しばらくほかの班の様子について話しあっていた二人は、ふと、私《わたし》が作っているミニチュアを見て「うわっ」と驚《おどろ》いたような声をあげた。

「まじ？　田代さん、ビル作るのうまくない？」

そう言われて、私は「そんなことないよ」と首を横に振《ふ》った。

「いいよね。手先が器用なひとは」

「ううん。私も、細かい作業って苦手だよ」

私は、そう答えたけれど、二人は「ウソでしょー」と信じてくれない。

……まただ。

さっきまで晴れていた空が雨雲でおおわれていくように、私の心が暗くなる。

須藤さんと中野さんは、作業中、いつもこうしてなにかと私にからんでくるのだ。

私のこと、嫌《きら》いなのかな？　それとも、総監督《そうかんとく》なんてやってナマイキだと思われてるんだろうか。

なにか意見があるなら、この際《さい》、はっきり言ってほしい。

そう言いたいのをぐっとこらえて、私《わたし》は二人に向きあった。

「昨日から、このビルを作ってたんだけど、今、やっと完成したの。窓《まど》をカッターでくりぬくのが思ったより大変だったから……」

本当は、もっと苦労したことを二人に伝えたかった。だけど、それを言ったら、ただのグチになってしまう。それに、文化祭に向けてがんばっているのは私だけじゃない。私だけが苦労をしているようにアピールするようなことはしたくなかった。

「でも、田代さんはいいよね。自分が希望した出し物ができるんだから」

「そうそう。がんばって当然、みたいな？　うちらは、田代さんっていうか総監督《そうかんとく》が決めたことをやらされてるだけだし」

二人はお互《たが》いに目配せしながら言うと、くすっと私をばかにするように笑った。

ああ、そういうことか。

私は、今、二人にイヤミを言われているんだと理解《りかい》した瞬間《しゅんかん》、頭にカッと血が上った。

「……じゃあ、もういいよ」

とっさに私は二人に向かって言っていた。

もういや！

今までたまっていたものが、ついに爆発《ばくはつ》した。

「そんなに文句《もんく》言うなら、やめたらいいよ」

「は？」

二人がまゆをひそめる。

私《わたし》は、さらに続けた。頭の片隅《かたすみ》では、いったい私、なに言ってるんだろうと思う自分もいたけれど、もう止められなかった。

「聞こえなかったの？　やりたくないひとは、やらなくてもいいんじゃないって言ったの」

「なにその言い方。めちゃくちゃむかつく……！」

中野さんがいきおいよく席から立ち上がる。その振動《しんどう》で、私の机《つくえ》に置いてあったはさみが、ガシャンと音をたてて床《ゆか》に落ちた。

「わかった。総監督《そうかんとく》さんの命令なら、そうする。ね、須藤っち、帰ろ」

「そうだね。さよならー」

二人は帰《かえ》り支度《じたく》をすると、そのまま教室を出ていった。さすがに、みんな異変《いへん》に気づいたみたいで、教室に不穏《ふおん》な空気がひろがっていく。

みんなが、ひそひそ話す声が聞こえてくる。

「どうしたの？　あの班《はん》」

「もめちゃったみたい。田代さんがひどいこと言ってたの聞こえたし」

「あれはキツいよねー」

教室にひろがるウワサ話では、私《わたし》だけが悪者になっているようだ。

……たしかに、私、ひどいこと言っちゃった。だけど、その前に、あの二人だっていじわるなことを言ってきたのだ。人前でめそめそしたくない私は、小学生のころから、よくこういうもめごとを起こしていた。

どうして、あんなこと言っちゃったんだろう。口にする前、ほんの数秒でいいから立ち止まる。それだけでトラブルを防《ふせ》ぐことはできるのに。私は、いつもこうだ。失敗してから、気づく。もう何度、同じことを繰《く》り返《かえ》してるんだろう。

だめ人間。本当に、ばかみたい……。

自分を責《せ》める言葉が、心のなかで止まらなくなる。

人前で泣くことはしたくないと思っているのに、涙《なみだ》がじわじわとあふれていく。

「これ、落ちてた」

突然《とつぜん》、耳に入ってきた声とともに、目の前にサッとはさみが差しだされた。

声がするほうに顔を上げた瞬間《しゅんかん》、私の目から、ぽろりと涙がこぼれた。

「！」

詩音！

はさみを拾ってくれたのは、詩音だった。私《わたし》は、ジャージの袖《そで》で、急いで涙《なみだ》をぬぐう。

ウソ、見られた？　泣いてるって、詩音にバレた？　いつのまに近くにいたの?!

私は、詩音に顔を見られないよう、うつむいた。

恥《は》ずかしい……。

よりによって、詩音にだけは、こんなぶざまな姿《すがた》見られたくなかったのに。

このままじゃ、私が泣いていることがクラスじゅうに知《し》れ渡《わた》ってしまうだろう。詩音に見つかっただけでも恥ずかしくてたまらないのに……。

もう、いやだ！　全部、いやになってきた！　片思《かたおも》いをしてから、私、心のなかが、いつもぐちゃぐちゃ。自分の気持ちをうまくコントロールできなくて、心と体がバラバラになっていくような気がする。

「わ、すげーじゃん！」

「え？」

詩音は、私の机《つくえ》の上にあったミニチュアのビルを、さっと手にとった。

「おー。細かいところまで、よく作ってあるなー」

いろんな角度からミニチュアのビルを見た後、詩音は「みんなー、見てみろよ」と大きな声で言った。

「杏都が作ったビル、すげーぞ！　これなら、人気投票、一位狙《ねら》えるんじゃね？」

詩音の声につられたクラスメートが、続々と私《わたし》たちの周りに集まってくる。

「えー、詩音、おれにも見せろよ」

せがんできた男子に向かって、詩音は「ほら」とミニチュアのビルを渡《わた》す。

「本当だ。うまいな」

「だろ？　作ったのは、杏都だからな」

詩音が言った。

女子も「見せて、見せて」と言って集まってきた。

「杏都ちゃんにこんな特技《とくぎ》があったなんてね」

「ホント。文化祭がなかったら気づかなかったよ」

さっきまでの気まずい雰囲気《ふんいき》ががらりと変わり、クラスメートは、私に優《やさ》しい声をかけてくれる。もしかして、流れが変わったのは、詩音のおかげ……？

「杏都ちゃん」

ぽん、と肩《かた》を叩《たた》いてくれたのは、瑠奈だった。

「さっきは、ちょっと大変だったね」

瑠奈にも、見られていたんだ。恥《は》ずかしいな……。優《やさ》しい瑠奈のまなざしに、少しずつ心が落ち着いてきた。

「私《わたし》も……悪かったの。早く須藤さんと中野さんにあやまらなくちゃ」

そう思うと、いてもたってもいられなくなり、私は席から立ち上がった。

「二人とも、学校のなかにまだいるかな？　私、ちょっと昇降口《しょうこうぐち》、見てくる！」

残っている班《はん》のメンバーに後のことをお願いすると、私は教室を出て、廊下《ろうか》を走った。階段《かいだん》を駆《か》け足《あし》でおりていくと、昇降口で、ジャージ姿《すがた》のまましゃがんでいる須藤さんと、その横で壁《かべ》に背《せ》をもたせ、たたずんでいる中野さんを見つけた。

私と目があった須藤さんが、ハッとした表情《ひょうじょう》になる。

「田代さん……」

二人に駆《か》け寄《よ》り、私は、ぺこっと頭を下げた。

「さっきは、ごめん！」

ぴりっと空気が引《ひ》き締《し》まった後、聞こえてきたのは、二人の「いいよ、いいよ」というあわてた声だった。

「頭上げてよ、田代さん！　あたしたちこそ、ごめん。ああいう作業がうまくいかないと、どうしてもイライラしちゃって、つい……」

「ヤなこと言っちゃったよね。田代さん、怒《おこ》って当然だよ」

私《わたし》は、そっと頭を上げた。

「帰らないでいてくれて、ありがとう。あやまれて、よかった……」

私が言うと、二人は、気まずそうに自分の髪《かみ》の毛《け》を触《さわ》っていた。

「うん……。キレて教室出てきたのはいいけどさ。今、ジャージだったから、帰るに帰れなくて」

「明日《あした》の朝、ジャージで登校したら、校門であいさつしてる教頭先生に注意されるし」

誰《だれ》が言いだしたわけでもなく、私たちは教室に向かって歩きだしていた。

教室に入る前、私は、二人に向かって、あらためて「ごめん」とあやまった。

「協力して、いい文化祭にしようね」

私が言うと、二人はそろって、うなずいた。

「うん。がんばる」

「なんか、文化祭あるある、だよね。こういうトラブルって」

思わず三人で笑ってしまう。よかった、私、笑えてる。この笑顔《えがお》は、和解《わかい》のしるしって思っていいよね。

教室の戸を開けると「おかえりー」というみんなの声が私たちを迎《むか》えてくれた。

詩音の姿《すがた》をさがすと、自分の班《はん》に戻《もど》り、真剣《しんけん》な顔で段《だん》ボールに色を塗《ぬ》っていた。

あのとき、詩音が声をかけてくれなかったら、事態《じたい》はもっと悪い方向へいっていたかもしれない。

涙《なみだ》を見られても、あえてそのことを指摘《してき》されなかったのもありがたかった。

詩音は、私《わたし》が困《こま》っていると、いつもさりげなく助けてくれる。

どうしてなんだろう。家が隣同士《となりどうし》のよしみで？　ただのクラスメートに、ここまでしてくれるものなんだろうか。

それとも……。

ううん。

うぬぼれるのは、やめよう。さっきのは、本当に偶然《ぐうぜん》の出来事なんだ。

困っているのが私だから助けてくれたなんて勘《かん》ちがいしたら、詩音を好きな気持ちをさらに止められなくなるから。私だから、じゃない。詩音は、誰《だれ》にでも優《やさ》しいんだ。そうだよね、詩音……。

7 水色のバレッタ。

『奥《おく》にいます。おそれいりますが、ご用のお客様はなかにあるベルを鳴らしてください。』

学校から『和菓子《わがし》のかしわ』へ帰ると、お店のガラス戸に貼《は》り紙《がみ》がしてあった。

あれ？　誰《だれ》もいないのかな？

いつも誰かが立っているはずのお店はもぬけのから。ショーケースに並《なら》んでいる和菓子は売れた形跡《けいせき》があるので、営業《えいぎょう》はしていたようだ。お店の壁《かべ》にかかった時計を見ると、まだ夕方の六時。閉店時刻《へいてんじこく》の七時は、もう少し先だ。

誰もいないお店なんて無用心だな、と思いながら、いちおうレジを確認《かくにん》してみると、ちゃんとカギがかかっていた。

どうしたんだろう……。

とにかく家に入ってみようと、お店と住居《じゅうきょ》の境《さかい》にあるあがりがまちを見て、私《わたし》の心臓《しんぞう》がドキッとした。

……この靴《くつ》、お父さん?!

見覚えのある革靴《かわぐつ》は、都会で暮《く》らすお父さんのものにちがいなかった。

お母さんという妻《つま》がありながら、恋人《こいびと》をつくったお父さん。私《わたし》が、ここへお母さんと引《ひ》っ越《こ》してきたのも、お父さんが原因《げんいん》だ。

だけど、離《はな》れて暮らしてみて、お父さんの心境《しんきょう》に変化が起きた。

お母さんたち、大人の会話を立ち聞きしてしまったときに知った。

お父さんが、お母さんにもう一度夫婦《ふうふ》としてやり直そう、と持ちかけていることを。

……どうしよう。今は、お父さんに会いたくない。なんて声をかけたらいいかわからないもの。

次の瞬間《しゅんかん》、私はお店を飛びだしていた。

最近、日が沈《しず》むのが早くなった。もうすぐ、あたりも暗くなるだろう。それでも、私はかまわず『ここから商店街《しょうてんがい》』の通りを走り続けた。

たどりついた場所は……。

「はあ、はあ……」

わきめもふらず猛《もう》ダッシュしてきたせいで、息がすっかりあがってしまった。私は、お店の壁《かべ》に手をつき、荒《あら》い呼吸《こきゅう》を繰《く》り返《かえ》す。

「あれ？　杏都《あんづ》さん」

お店のなかから、ひょいと顔を出したのは、ここの店主、串本《くしもと》さんだ。

「そんなにあわてて、どうしたの？」

古着屋『CHARGE《チャージ》』。助けを求めるように、気づいたら、ここへ来ていた。

「あの……。そう、洋服を見に来たんです」

串本さんの横をすりぬけ、私《わたし》は店内のラックに向かって歩いていく。ハンガーラックにかかったたくさんの洋服をかきわけ、チェックしているふりを装《よそお》う。

「杏都さん、学校から直接《ちょくせつ》来たの？」

串本さんに聞かれて、私はびくっと肩《かた》をすくめた。

「……杏都さんたちの中学校は、基本的《きほんてき》には制服《せいふく》で寄《よ》り道《みち》したらいけないことになってるよね。まだ早い時間なら、ぼくも大目に見るけど、もう六時過《す》ぎてる」

もうじき真っ暗になるよ、と串本さんは続けた。

私がここに来たのは、ただごとじゃない、なにか理由があるって串本さんにはバレているんだろう。

「まだ夕方の六時じゃないですか。小学生の子だって塾《じゅく》とか習い事に行ってますよ」

「うん。だって、その子たちには、ちゃんと目的がある。だけど、きみは？」

私《わたし》は、ハンガーを持つ手に、ぎゅっと力を込《こ》める。

「どうして……。どうして、串本さんがそんなこと言うんですか？　自分だって、中学生のころ、少し寄《よ》り道《みち》したことだってあったでしょう？　それとも、完全ないい子だったんですか？」

……私って、やなやつ。

口にしてしまった後で、そう思った。

苦しい片思《かたおも》い、突然《とつぜん》現《あらわ》れたお父さんに対する動揺《どうよう》……。それらを、今、目の前にいる串本さんにやつあたりのようにぶつけてしまった。

「……杏都さん、この商店街のモットーを知ってる？」

「…………」

くちびるをかんだままなにも答えない私をよそに、串本さんは話を続ける。

「商店街のモットーは『安全、安心、楽しい町づくり』。今のきみは、ちっとも安心してるかんじには見えない。全身から不安だっていう気持ちがにじみ出てるよ。そんな子に、いつもどおり『いらっしゃい』って言えるほど、ぼくは金の亡者《もうじゃ》じゃないよ」

「……串本さん『ここから商店街』に来たら、すごくおせっかいになったんじゃないですか？」

私《わたし》が皮肉たっぷりに言ったところで、大人の串本さんには痛《いた》くもかゆくもないみたいだ。余《よ》裕《ゆう》の表情《ひょうじょう》でかわされてしまった。

「あ、わかった？　うん、ぼくもそう思う。きっと商店街のみんなのいいところ、ぼくも似《に》てきちゃったのかも」

……降参《こうさん》だ。

私は、心のなかで両手をあげていた。

そうだ。私は、今さら、串本さんの前ではウソなんてつけないんだ。

さっきまで緊張感《きんちょうかん》でぴりぴりしていた空気がやわらかくなり、二人で、ふふっと笑ってしまった。

ここへ走ってきたときには、かたくなになっていた心が、ふっとゆるくなる。

「ちょっとだけでいいんです。串本さん、ちょっとだけ、私をここに置いてください」

少しだけでいい。この、ぐちゃぐちゃになった心を、ほんの少しでも整える時間があれば、私は家に帰ることができる。

串本さんは、困《こま》ったような笑《え》みを浮《う》かべて頭をかいた。

「七時までだよ。それなら、ここにいてもよし。だけど、帰ったら、おうちの方にどこにいたのか、なぜだか、ちゃんと理由を話すこと。それを約束してくれたら、いいよ」

「えっ。正直に話さないといけませんか？　それは、ちょっと……」

とまどう私《わたし》を見て、串本さんは「あはは」と声をあげて笑った。

「杏都さん、素直《すなお》でいいね。ぼくにウソをついたってバレないのに。ただ『はい、わかりました』と言えばよかったんだよ。さすがに、ぼくも、杏都さんが家に帰った後のことまでは見《み》張《は》っていられないんだからさ」

「あ……」

「でも、こういうまじめなところが杏都さんのいいところでもあるね」

串本さんは、お店の奥《おく》から木でできたイスを持ってきてくれた。背《せ》もたれのない、丸い板にただ四本の脚《あし》がついた、イスというよりも踏《ふ》み台《だい》のようなものだ。

「こんなのしかなくてごめんね。それに、ここは、あったかいお茶もお菓子《かし》もない」

串本さんが言って、私は、いつも学校から帰ると、甘《あま》い和菓子とお茶と用意してくれていたおじいちゃんたちのことを思いだした。

今日のおやつは、なんだったんだろう……。

小さな子みたいだ。こんなことで、ちょっとだけ家が恋《こい》しくなるなんて。

お店の電話が鳴った。串本さんは「ちょっとごめんね」と言って、受話器をとった。

串本さんが電話で話している間、私は、イスに腰《こし》かけたまま、店内をきょろきょろ見ていた。

トルソーのコーデは、マスタード色をベースにしたハイネックのチェック柄《がら》ブラウスに、落ち着いたカーキ色のコーデュロイの生地《きじ》でできたマーメイドスカート。床《ゆか》に置いてあるえんじ色のパンプスには、きらりと光るビジューがついている。

壁《かべ》には、ニット製《せい》のガウンコートや、カウチンジャケットがかかっていて、それらを見ると、もうすぐ寒い季節がやってくるんだな、と思う。

「……申《もう》し訳《わけ》ありません。……はい、ぜひ、お店でお待ちしております。はい、それでは……」

串本さんは受話器を元に戻《もど》すと、ふう、と息を吐《は》いた。

「もしかして……よくない電話だったりしますか？」

私《わたし》が聞くと「いいや」と串本さんは首を横に振《ふ》った。

「むしろ、その反対。ＳＮＳ《エスエヌエス》で見たのかな？　うちにある洋服を通信販売《つうしんはんばい》で買いたいって電話だよ。お客さんがアップしてくれたのを見たんだろうね。ぼくは、ＳＮＳをやっていないから」

「ここは、通信販売もしているんですか？」

「ううん。やってないし、これからもやるつもりはないよ。ぼくは、実際《じっさい》に洋服を自分の目で見て、触《さわ》って、確《たし》かめて、それで初めて生まれる『これが欲《ほ》しい』っていう気持ちを大事にしたいんだ。だから、今の電話も、お断《ことわ》りさせてもらったよ。家にいても欲しいものが手に入る通信販売《つうしんはんばい》は便利だけど、ぼくは、自信を持って商品を選んでいるからね。そんな商品たちが、届《とど》いてみたら、なんかイメージとちがうと思われるのは残念だし」

そうだったんだ……。でも、串本さんの言う、洋服を目の前にして生まれる「これが欲しい」という気持ち、私《わたし》は、すごく身に覚えがある。体にビビッと電気が走るような衝撃《しょうげき》があって、すてきだなあって思いで胸《むね》がいっぱいになる。かわいい洋服を目の前にしているときって、前向きな気持ちしか生まれない。そのことに、私は今までたくさん助けられてきたんだ。

「んー。でも、おしいことをしたような気もしてきたぞ。実は、今までも何十件《なんじっけん》とこういう話を断ってきたんだ。お店の方針《ほうしん》を変えて通信販売部門も作ったら、売り上げが伸《の》びたかもしれない。そうしたら、ぼくも悠々自適《ゆうゆうじてき》のセレブ生活に……」

おどけた様子で話す串本さんに、私は、ぷっとふきだして笑っていた。

「ウソ。串本さんは、絶対《ぜったい》にそんなこと思ってないですよね」

「まあね。ぼくは、今度こそ、自分の気持ちにウソはつかないで生きてみようと思って、この商店街に店を構《かま》えたんだ。時代に逆《さか》らっていると言われても、もうしばらくはこのままがんばってみるつもり。でも、お店に来たくても、やむをえない事情《じじょう》を抱《かか》えていたりして来られないひとたちもいるんだろうな。そういうひとたち向けに、なにかいい方法がないかなって、今、考え続けているんだ。たまに出張《しゅっちょう》して、期間限定《きかんげんてい》のポップアップショップをやってみるとか。でも、今のまま、ずっと同じ場所で、晴れの日も雨の日も、どんなときでも開いているお店っていうのも悪くないかな、とも思うし……」

このお店は今のままでも、じゅうぶんすてきなのに、串本さんはさらにその先のことを考えているんだ。

すごいな……。

かつては、誰《だれ》もが知っているテレビドラマの衣装《いしょう》を担当《たんとう》したり、私《わたし》も読んでいるファッション雑誌《ざっし》でも仕事をしていた元・スタイリストの串本さん。串本さんが「いい」と言う洋服はなんでも売れた。たとえ、串本さんが心のなかで反対のことを思っていたとしても……。そんな状況《じょうきょう》に、だんだんと串本さんは疲《つか》れていき、有名スタイリストの肩書《かたがき》を捨《す》てて『ここから商店街』へやってきたのだ。

「たかが洋服なんて……って笑うひともいるけどね、ぼくは、その、たかが洋服だって、自分で考えることは大事だと思うんだ。周りが、これがいいって言ってるから、みんな持っているからこれを着ようっていうんじゃなくて、自分の心から自然とわきあがってくる『これが着たい』という気持ち……。そして、それを恥《は》ずかしいだなんて思わないで、気に入った服で、堂々《どうどう》と外へ繰《く》りだしてほしい」

自分の心から自然とわきあがってくる気持ち……。

串本さんの話に、私《わたし》は、同じだ、と思った。

それは、詩音《しおん》が好きだという気持ち。

誰《だれ》かに命令されたわけじゃなく、本当に、私のなかから自然とわきあがってきたのだ。

沈黙《ちんもく》している私を見て、串本さんは我《われ》にかえったようにハッとした。

「なんだか、若者《わかもの》に敬遠《けいえん》される大人の典型的《てんけいてき》パターンかな。熱く語っちゃったりして」

「そんなことないです……」

それどころか、揺《ゆ》るぎない心を持った串本さんがうらやましい。

「あ、そうだ。大事なことを思いだしたよ。ちょうどよかった！　杏都さんに渡《わた》したいものがあったんだ」

串本さんは、急になにかを思いだしたように言うと、洋服や裁縫道具《さいほうどうぐ》をしまいこんでいる奥《おく》の部屋へ引《ひ》っ込《こ》んでいった。

なんだろう？　私に、渡したいもの？

しばらくして、串本さんが戻《もど》ってきた。

「これ、受け取ってほしいんだ。お礼なんて言ったらおおげさだけど……。でも、ここに店を出して、なんとかやっていけてるのも、よく考えたら、杏都さんのおかげだから」

串本さんは、シンプルな茶色の紙袋《かみぶくろ》を差しだした。

「私《わたし》、なにもしてませんよ。それに、もっと買い物がしたくても、中学生のおこづかいじゃ、なかなか全部は買えないから、いつも串本さんのお仕事のじゃましてばかり。今だってそうだし……」

「そんなことないよ。きみが、商店街の組合の集まりで、みんなの目を気にしないではっきり言ってくれたこと、ぼく、嬉《うれ》しかったな。きっと、ずっと忘《わす》れないよ」

「あ……」

まだ『ここから商店街』に引《ひ》っ越《こ》してばかりのころ。同じく、新参者だった串本さんは、商店街のひとたちにあやしい者だと後ろ指をさされ、仲間はずれにされていたのだ。

――「この世からイジメがなくならないわけが、よーくわかりました！　だって、大人たちがそういうことをしているんだもの！　確《たし》かめもせずに決めつけて悪く言うなんて、ひどいと思わないんですか？」

いそがしいおじいちゃんのかわりに、商店街の集会へ参加した私は、そこで突然《とつぜん》、そう叫《さけ》んでしまったんだった。

そして、大人たちから白い目で見られた私を「おまえ、やるじゃん」と肯定《こうてい》してくれたのが詩音だったんだ。

串本さんが「ふしぎだよね」と言う。

「ぼくは、いいことも、悪いこともいろいろ経験《けいけん》して、人間関係なんてもうこりごりだって投げやりになったときもあった。でも、こうして、お店をやってお客さんのことを待っている。ぼくがここまで前向きになれたのも、この商店街にいるみんなのおかげ。結局、ひとに助けられている。ふしぎだと思わないかい？」

「はい……」

私《わたし》もそうだ……。

不仲な両親を見て、将来《しょうらい》はずっと一人で生きようと思っていた私。もし、結婚《けっこん》して自分の家族ができても、私の両親を見ていれば永遠《えいえん》の愛などないことはわかる。そして、家族もバラバラ。だったら、一生、一人でいる。そう思っていたのに……。

『ここから商店街』に来て、ここに住むひとたちとかかわることで、私は変わった。

私も、たくさんのひとに助けられて、ここにいるんだ。

「ね、杏都さん。これ開けて、なかを見てみてよ。ぼくの自信作だからさ」

串本さんはそう言って、ふたたび紙袋《かみぶくろ》を差しだしてきた。

私は、静かに紙袋を受け取り、そっとなかをのぞいてみた。

「これ……！」

なかに入っていたものを、急いで取りだす。

夏の青空のような水色のリボンがついたバレッタ。

「わかった？　詩音くんのシャツの生地《きじ》だよ」

心臓《しんぞう》が、ドキンとはねた。

夏休み、いっしょに商店街で『おさんぽ・おかいものラリー』をしたとき、詩音は、ここで水色のリメイクシャツを購入《こうにゅう》した。

「あのとき、シャツを詩音くんのサイズにリメイクしたよね。少しだけ生地が余《あま》ったから、なにかに活用できないかなって思って作ってみたんだ」

串本さんの言葉を聞いているうちに、目の前が、ゆがんできた。手のひらにのせたバレッタが、ゆらゆら揺《ゆ》れて見える。

どうしよう。泣きそうだよ。

串本さんの手作り。このバレッタは、世界で、たった一つだけ。しかも、このリボンと同じ生地のシャツを詩音が着ている。私《わたし》たち、一つのものを共有しているんだ。

「ありがとう……ございます。嬉《うれ》しいです。たいせつにします」

やっとのことで出した声はふるえていて、泣きそうになっているのがバレそうだったけれど、串本さんはなにも言わなかった。

時計を見ると、もうすぐ夜の七時になるところだった。

「私《わたし》、帰ります。最初に、七時までって約束したから……」

そう言って、お店の出入り口に向かうと、串本さんは安心したようなほほえみを浮《う》かべた。

お店のガラス戸を開けて、一歩、外へ足をふみだす。

「杏都さん」

串本さんに呼《よ》びかけられ、私は後ろを振《ふ》り返《かえ》った。

「生きていくなかで、たくさんのひとが杏都さんを助けてくれるよ。きみが、ぼくを助けたみたいにさ。『助けて』って声を、外に出したっていいんだ。解決《かいけつ》するかはわからないけど、それに、こたえてくれるひとは、ちゃんといるからさ。でも……」

そこまで言って、串本さんは目線を下にうつした。ひと呼吸《こきゅう》置いて、ふたたび口をひらく。

「みんなの助けがあったとしても、最後の最後に自分を救《すく》えるのは、自分自身だよ。さっき、ぼくはたくさんのひとに助けてもらったと言ったけど、それでも、この道を選ぶという最終決定をしたのは、ほかでもない、自分自身だった」

「串本さん……」

私と目があい、串本さんは「あっ」と自分のおでこに手をやった。

「また語っちゃったね。秋だからかな」

そう言って、顔をほころばせる串本さんに、私《わたし》もつられるように笑っていた。

私は、あらためて串本さんに頭を下げた。

「いろいろ、ありがとうございました。次は、ふつうにお客さんとして買い物に来ます」

「うん。待ってるよ。杏都さんがびっくりするような洋服を並《なら》べないとね」

『ここから商店街』の通りを走って、家をめざす。夜七時の商店街は、もう店じまいしてしまったところもあるけれど、お肉屋さんや、おそうざいを売っているお店は、まだ営業中《えいぎょうちゅう》だ。それらのお店からもれてくるあかりや、街灯が、優《やさ》しく道路を照らしている。

……大丈夫《だいじょうぶ》。お母さんに正直に話そう。お父さんに会いたくなかったから帰るのが遅《おそ》くなったって。

『和菓子のかしわ』が見えた。七時を過《す》ぎて、お店のシャッターは閉《し》まっている。私は、裏口《うらぐち》へまわり、そこからなかへ入ることにした。

家に入る前に、さっき串本さんにもらったバレッタをリュックから取りだしてながめた。

詩音のシャツとおそろいのリボンを見ていると、それだけで心強い。これは、私のお守りだ。

私は、バレッタをリュックに戻《もど》すと、おもいきって家のドアを開けた。

遅《おそ》く帰った私《わたし》を、おじいちゃん、おばあちゃん、お母さんはいつもと変わりなく迎《むか》えてくれた。

お父さんの姿《すがた》はなく、むしろ、ここへ来ていたという気配さえ感じさせないくらい、家のなかはいつもと同じだった。

いつもより少し遅《おく》れた夕ご飯の食卓《しょくたく》で、私は「文化祭の準備《じゅんび》がいそがしくて」とウソをついてしまった。だけど、それは、おじいちゃんとおばあちゃんを安心させるため。

お母さんには、本当のことを話そう。

夕ご飯が終わり、おじいちゃんとおばあちゃんが寝室《しんしつ》へ引きあげていくと、私は台所で後片《あとかた》づけをしていたお母さんに声をかけた。

「お母さん……。今日、お父さんが来ていたよね……？　私、本当は見ちゃったの。学校から帰ったら、お父さんの靴《くつ》があって、逃《に》げちゃった。それで帰るのが遅くなった」

洗《あら》い物《もの》をしていたお母さんは、蛇口《じゃぐち》をひねって水を止め、私のほうを見た。

「そうだったの……。正直に話してくれて、ありがとう。そうよね、いきなりだもの。杏都がびっくりする気持ちもよくわかるわ」

お母さんもね、お父さんが急に現《あらわ》れたとき、驚《おどろ》いて売り物のおまんじゅうを床《ゆか》に落としちゃった、と言って笑った。

私《わたし》の行動、てっきり怒《おこ》られるか、あきれられるかと思っていたのに。お母さんは、私をとがめようとしなかった。

串本さんの言うとおりだ。きちんと自分の気持ちを話してみてよかった。

私は「手伝うよ」と言って、お母さんの横に並《なら》び、濡《ぬ》れたお皿や茶わんをふきんで拭《ふ》く。

「お父さんね、すごくびっくりしたみたい」

「なにが?」

「月乃《つきの》のことよ」

お母さんが言った。

もしかして……月乃が恋《こい》してるのがバレたとか? 一瞬《いっしゅん》、そんなことを思ったけれど、私は、いや、そんなはずない。それに、もしバレたとしても、お父さんが驚《おどろ》くようなことじゃないと自分の考えをうち消した。

お母さんは話を続ける。

「塾《じゅく》でやった模擬試験《もぎしけん》の結果があまりよくなかったみたい。志望校《しぼうこう》の合格《ごうかく》は、今のままじゃほとんど無理だって、月乃、お父さんの前で大泣きしたんだって」

「え……。そうだったの?」

「うん。それで、お父さん、びっくりしちゃったのね。年頃《としごろ》の娘《むすめ》に泣きつかれたなんて初めての経験《けいけん》でしょ？　杏都も月乃も、ふだんから、お父さんには感情《かんじょう》を見せないタイプだったから。かなりあたふたしていたわ」

離《はな》れて暮《く》らしている妹の月乃。夏休みに会ったときは、好きな子と同じ中学校へ行くために受験勉強をがんばるとあんなに前向きだったのに。

自分が挑戦《ちょうせん》しようとしていることの前に大きな壁《かべ》があると知ったときのショックって、どんなかんじなんだろう。

月乃、悲しいだろうな。くやしかったよね。今、とてもつらいはず。

私《わたし》は、今、ここにいる自分がもどかしくてたまらなくなってきた。

今すぐ、月乃のところへ行って、励《はげ》ましてあげたい。ううん、励ますなんて、簡単《かんたん》なことは言えないよね。でも、ただ、そばにいることはできる。だって、私は、月乃の、たった一人の姉なんだから……。

お母さんも月乃が心配なのだろう。なにか思いつめたような横顔が、それをよく表していた。

「お母さん……」

「なあに？」

「……戻《もど》っても、いいんだよ」

私《わたし》、いったいどうしたの？

心の底ではそう思っていないのに、口が勝手に動いていた。

「お父さんと、月乃がいるあの家へ戻ってもいいよ。私も、ついていくから」

まだ決めたわけじゃないのに、お母さんの顔色を気にして、私は、今「こう言えば正解《せいかい》だろう」というセリフを言っている。これがテストで「さて、落《お》ち込《こ》んでいるお母さんに娘《むすめ》としてなんて声をかけてあげたらよいでしょう？」という問題なら、私の答えは、おそらく百点満点だ。だけど、これはテストなんかじゃない。

私が生きている「現実《げんじつ》」なのに……。

「杏都……」

「そうしたら、全部、元どおり。めでたし、めでたしのハッピーエンドじゃない」

あははっと私は笑う。その後で、すぐにむなしくなった。

お母さんはどんな返事をくれるだろう。……私、期待してる。お母さんが「そんなことないよ」って、私の言ったことを否定《ひてい》してくれるのを待ってる。

だけど……。

「そうするのがいいのかもしれないわね……」

お母さんはそう言った。

どんなにもがいても抗《あらが》えない渦《うず》に巻《ま》き込《こ》まれていく……そんなかんじがする。

片《かた》づけが終わり、部屋へ戻《もど》ると、がまんしていた涙《なみだ》が止まらなくなった。

どうしよう、どうしよう。

私《わたし》って、本当にばかみたい。なんで、お母さんにあんなことを言っちゃったんだろう。だけど、月乃のそばにいたい気持ちだってウソじゃない。でも、でも……。

私は、この町が好き。ここでずっと暮《く》らしたい。

そうじゃなかったの？　自分に問いかけてみる。

どの気持ちもウソじゃないから、私はこんなに苦しいんだ。

誰《だれ》か……助けて。

そう思って私が見ていたのは、部屋の窓《まど》にかかっているフルーツ柄《がら》のカーテン。

カーテンにさえぎられて見えないけれど、私の心には、その向こうにいる詩音が見える。

詩音、私を助けてよ。

いつだって、私が困《こま》っているとさりげなく手助けをしてくれた詩音。

私は、心のなかで必死に詩音を呼《よ》んでいた。

だけど、その叫《さけ》びが詩音に届《とど》くはずはなく、眠《ねむ》れない夜はいつまでも暗く、長く続く気がした。

8 休《きゅう》戦《せん》宣《せん》言《げん》はレモン味。

日曜日。学校は休みだけど、私《わたし》の心はそわそわと落ち着かない。

いよいよ、明日《あした》だ。

壁《かべ》にかけたカレンダーには、赤い文字で「文化祭」と書いてある。

明日は文化祭。

先週の金曜日の放課後。私たちのクラスの出し物『思《おも》い出《で》写《しゃ》真《しん》館《かん》、二年《ねん》二組《くみ》』のセッティングが、ついに完了《かんりょう》した。

でも、まだ安心できない。だって、見に来てくれるお客さん（といっても、この中学校の文化祭は外部に公開はしないので、お客さんという言い方はしているけれど、みんな生徒や先生）の反応《はんのう》はどうか、最後までやってみないとあの出し物が成功かどうかはわからないのだ。

緊張《きんちょう》しているからかな。今日は、やけにのどがかわいてしまう。

私は、なにか飲もうと部屋を出て下へおりていった。

台所で水を飲んでいると、おばあちゃんが声をかけてきた。

「杏都《あんづ》ちゃん、ちょうどよかった。おつかい、頼《たの》まれてくれるかしら」

「うん。いいよ」

夕ご飯の材料の買いだしかな、と思っていると、おばあちゃんが持ってきたのは、町内のお知らせが書いてある回覧板《かいらんばん》だった。

「お隣《となり》の桜井《さくらい》さんに持っていってくれる?」

ドキンと心臓《しんぞう》がはねる。

お隣に行って、もし、詩音《しおん》とはちあわせしたらどうしよう。教室でも会っているのに、こんな気持ちになるのは、私《わたし》が詩音のことを好きだからだ。

恋《こい》をしていると、こんなふうになにげない生活の一部でさえも、いちいち心がかき乱《みだ》される。

「うん。わかったよ。おばあちゃん」

やだ、なんて言ったら、おばあちゃんによけいな心配をさせてしまう。私は、おばあちゃんから回覧板を受け取った。

詩音の家、『桜井薬局』へ行くために、靴《くつ》を履《は》いていると、おばあちゃんがふたたび声をかけてきた。

「あ、杏都ちゃん。これもお願い」

おばあちゃんが持ってきたのは、うちで売っているフルーツ大福。今の時季は、バナナを使っている。あんことの相性《あいしょう》もいいバナナは人気がある。だけど、いたみやすいので今のように涼《すず》しくなってからの限定商品《げんていしょうひん》だ。

「少しだけど、おすそわけに渡《わた》してちょうだい」

おばあちゃんからフルーツ大福が入っている紙袋《かみぶくろ》も受け取ると、私《わたし》は『桜井薬局』へ向かった。……と、いっても、隣《となり》だから『和菓子《わがし》のかしわ』を出て、三歩くらいで着いてしまう。回覧板《かいらんばん》だけだったら、郵便受《ゆうびんう》けに入れておくこともできるけど、フルーツ大福は直接渡《ちょくせつわた》さないといけない。

「こんにちは……」

あいさつをしながら『桜井薬局』のなかへ入る。

「はーいっ」

聞こえてきた、よく通る明るい声に、私はびっくりした。

「詩音、どうして?!」

お店の奥《おく》にあるレジ台から、こっちへ向かってきたのは詩音だった。

「なんだ。杏都かよ。お客さんかと思ってソンした」

どうして、詩音が出てきたの？　おうちのひとは？

「そんなバケモノを見るような目で見るなよ。おれが出てきちゃまずいのか？」

ちょっと店番頼《たの》まれてたんだよ、と詩音が言った。

私《わたし》は、回覧板《かいらんばん》をずいっと差しだす。いきおいあまって、回覧板の角が詩音の腕《うで》にあたってしまった。

「いて」

「あっ。ご、ごめん……。あと、これも、おばあちゃんから……」

『和菓子のかしわ』と店名が入った紙袋《かみぶくろ》を渡《わた》すと、詩音はすぐに中身を見て「おおっ」と声をあげた。

「ラッキー！　フルーツ大福だ。おれ、これ、大好き。全部もーらいっ」

詩音の発する「大好き」という言葉に一瞬《いっしゅん》、ドキリとしてしまう。

い、今のは、フルーツ大福に対しての言葉だし！　っていうか、このまま、ほうっておいたら詩音のことだ、きっと全部食べちゃう！

私は、ハッと我《われ》にかえり、詩音の行動を制《せい》するために手を伸《の》ばしていた。

「だめ。ちゃんとご家族にもおすそわけして。ひとりじめしないでね。わかった？」

「そういう言い方、姉ちゃんってかんじ」

詩音に言われて、かあっとほおが熱くなる。

「だって、しょうがないでしょ。姉ちゃんだもん」

私《わたし》は、ぷいと横を向いた。

恥《は》ずかしい……。十四年間、姉として生きているからだろうか。私は、無意《むい》識《しき》にこういう対《たい》応《おう》をしてしまうことが多い。

「へー、きょうだい、いるんだ。弟？　妹？」

「妹が一人……。いっしょには住んでないけど……」

私の家の事情《じじょう》を詩音がどこまで知っているかはわからない。お隣同士《となりどうし》のよしみで、おじいちゃんたちが話をしているのかもしれないけど、私と詩音が直接《ちょくせつ》、そのことについて話したことはなかった。

「そうなんだ。おれも離《はな》れて暮《く》らしてる兄貴《あにき》がいる。大学生。ひとり暮らししてるんだ」

「そう……」

詩音、お兄さんがいたんだ。どういうひとなんだろう。

詩音は、私を見て、にっと笑った。

「やっと、ふつうに話してくれた」

「え？」

一瞬《いっしゅん》、なんのこと？　と思ったけれど、すぐにピンときた。

――「最近、おれのこと避《さ》けてるだろ。なんでだよ」

この前、詩音に言われたことを、私《わたし》は思いだした。

それは、詩音が、私のことを女子に慣《な》れるためのリハビリ的存在《てきそんざい》だと言ったからだよ、とは口が裂《さ》けても言えない。そんなことを言ってしまったら、私は、詩音に恋愛感情《れんあいかんじょう》を持っています、という告白《こくはく》になってしまう。

「まあ、いいや。杏都がなに考えてるかはわかんないけどさ。ここらでいったん、休戦ってことにしようぜ」

詩音は、そう言った。

「休戦？　私、べつに戦いを挑《いど》んだわけじゃないけど」

私が言うと、詩音は「まー、まー」と私に向かって、手を振《ふ》る。まるで、やんちゃな犬をなだめるようなしぐさ。

詩音は、お店の冷蔵庫《れいぞうこ》から瓶《びん》入《い》りの飲み物を二本取りだすと、一本、私に差しだした。

「なにこれ？」

「ビタミン炭酸《たんさん》ドリンク。休戦祝いに乾杯《かんぱい》しようぜ」

「え、お店の売り物でしょ？　勝手に飲んでいいの？」

「大丈夫《だいじょうぶ》、大丈夫。おれ、たまに拝借《はいしゃく》してるんだ。じいちゃんたちも気づいてるけど、特になにも言わないし」

いいのかな……。

私《わたし》がドリンクを受け取らずにだまっていると、詩音は勝手に瓶《びん》のフタを開けてしまった。

「ほら。早くしないと炭酸《たんさん》がぬけちゃうだろ」

「……わかった。それじゃ」

私は、詩音からドリンクを受け取った。

乾杯《かんぱい》、と瓶をカチンとあわせる。

なに、この状態《じょうたい》。私、なにやってるの？

妙《みょう》な展開《てんかい》になってしまった。

「あーっ、うまい！　このドリンクの炭酸、強めのとこがパンチきいててクセになるんだよな」

ドリンクは、レモン味だった。口いっぱいにすっぱさがひろがり、頭がシャキッとしてくる。

「詩音ったら。今まで何回こういうことしてるの？」

「最低でも週に一回は飲んでるだろ。それが小四くらいから続いてるから、えーと、トータルして何本になったかな」

「……ぱぱっと計算しても二百本は超《こ》えてるね。詩音のおじいちゃんのことだから、このままだまって見逃《みのが》すなんてことしないと思うけどな。きっと、まとめて請求《せいきゅう》するつもりだよ。そうしたら、詩音、どうするの？」

私《わたし》が言うと、詩音は、飲んでいたドリンクを、ぶっとふきだしそうになる。

「うぐっ。げほっ、げほ。ヘンなとこ入っちまった」

詩音は、ひとしきりげほげほとむせた後、はあーっとため息をついた。

「ちょっと、大丈夫《だいじょうぶ》？」

背中《せなか》をさすってあげようとして伸《の》ばした手を、私は、あわてて引《ひ》っ込《こ》めた。

私ったら、つい女子同士《どうし》の友だちにするようなことをしそうになってしまった。さすがに、男子の体に触《ふ》れるのは抵抗《ていこう》がある。だけど、詩音といると、つい、そういうことを忘《わす》れて、思いのままに行動しそうになってしまうのだ。

「杏都がおかしなこと言うからだろ。一気に請求がきたら、おれ、とてもじゃないけど払《はら》えない。だけど、じいちゃんのことだから、ありうるような気がしてきた……」

真剣《しんけん》に頭を抱《かか》えている詩音を見て、私は、ふふっと笑ってしまった。

「あ、おれのこと笑ったろ？　マヌケだと思ってるんだろ」

「べっつにー」

私《わたし》は、ドリンクを、もうひとくち飲んだ。口のなかでレモン味の炭酸《たんさん》がはじける。

ああ、私、今、笑ってるんだ。詩音と、笑いあえてる。

「文化祭、楽しみだな」

詩音が言って、私は「うん」とうなずいた。

「その後は、商店街のハロウィンもある」

「うん」

「楽しみなこと、多いな」

「うん」

詩音と、前のように話しながら、私はわかったことがある。

それは、恋愛感情《れんあいかんじょう》ぬきの友だち同士《どうし》なら、私たちはとてもいい関係でいられるということ。

わかったよ、詩音。

詩音が、私を友だちとしてしか見られないのなら、それでいい。

それでも、私が詩音を好きだという気持ちが変わることはない。今、はっきりとわかったの。

告白《こくはく》はできないけれど、だからといって、この気持ちを無理に消そうとするのも、やめよう。

片思《かたおも》い、上等！　このままの私《わたし》でいい。……そうだよね？

さわやかなレモン味のビタミン炭酸《たんさん》ドリンクのおかげかな。少しだけ心が軽くなった。

「ごちそうさま。私、そろそろ帰るね」

私は、カーディガンのポケットに入れてあった百円玉をレジ台の上に置いて、立ち去ろうとする。

「え、待てよ」

詩音が私の手をぐいっとつかんだ。そのまま、レジ台に置いた百円玉を、私の手のなかへ戻《もど》してくる。

「いいって。おれのおごりだ。さっきは、ちょっとびっくりしたけど、おれ、責任《せきにん》持って払《はら》うから気にすんなよ」

私の手に、ちゅうちょなく触《ふ》れた詩音。

詩音の背中《せなか》に触れようとして、できなかった私。

それが、二人の気持ちのちがいなんだと、私は思った。

こういうことをサラッとできるのは、詩音が私のことをなんとも思っていないからなのだ。

だけど、それがわかっていても、触れられたことに対しての胸《むね》のドキドキはおさまらない。

たった今、片思《かたおも》いでもいいと思ったばかりなのに……。私《わたし》ったら、また詩音に対する想《おも》いに振《ふ》り回《まわ》されてる。

詩音から返された百円玉を、私は、ぎゅっと握《にぎ》りしめた。

「……じゃあ、遠慮《えんりょ》しないね。ありがとう」

きびすを返して、帰っていこうとする私に、詩音が話しかけてくる。

「休戦宣言《きゅうせんせんげん》したんだから、また二階の窓《まど》から声かけろよ。無視《むし》もすんなよ」

私は、詩音に背中《せなか》を向けたまま、「うん」ってこたえるのがせいいっぱいだった。

だって、振り返ったら、好きという気持ちが、あふれて止まらなくなりそうだから。

家に戻《もど》ると、お店に立っていたおばあちゃんが「遅《おそ》かったわね」と声をかけてきた。

「あ……。その、ちょうど詩音がお店番していたから、ちょっと話したりして……」

私が言うと、おばあちゃんが、くすっと笑った。

「杏都ちゃん、詩音くんと仲直りできたみたいね」

「えっ。私、そんな、ケンカなんてしてないよ」

にこにこ顔のおばあちゃんを見て、あっ、と思う。

もしかして、おばあちゃん、私と詩音の仲がギクシャクしていることに気づいてた？　ああ、それで回覧板《かいらんばん》といっしょにフルーツ大福も持たせてくれたのかな。

「最近、杏都ちゃんと詩音くんのおしゃべりが聞こえてこないからさみしくて。でも、ケンカしたわけじゃないいなら、よかったわ」

二階の窓越《まどご》しの会話、おばあちゃんに聞こえてたの？

照れくささに私《わたし》がだまっていると、おばあちゃんは「ああ、ちがうのよ」と顔の前で手を振《ふ》った。

「盗《ぬす》み聞《ぎ》きしてるわけじゃないわ。会話の内容《ないよう》までは聞こえてこないから、安心してちょうだい。おばあちゃんがいいな、と思うのは、あなたたちの笑い声」

「笑い声？」

「そう。若《わか》いひとの笑い声って、いいのよね。声なのに、まぶしいなって思うのよ。太陽みたいに、きらきらして。聞いているとね、こっちは、よし、若いひとが、もっと元気でいられる社会にしないとなって背中《せなか》を押《お》されたような気分になっちゃうの」

「おばあちゃん……」

ありがとう、と言おうとしたときだった。

「すみませーん」

お客さんがやってきたので、ショーケースの前にいた私は、あわてて、お店の隅《すみ》っこへ寄《よ》った。

「黒糖《こくとう》まんじゅうと、すあまを三つずつ、いただこうかしら」

「はい、毎度ありがとうございます」

接客《せっきゃく》をするおばあちゃんをお店に残して、私《わたし》は、自分の部屋へ行った。


その夜、私は、久《ひさ》しぶりに部屋のフルーツ柄《がら》のカーテンを開けた。

すると、ちょうど懸垂《けんすい》をしていた詩音の姿《すがた》が目に入ってきた。

私と目があうと、詩音は懸垂をやめ、窓《まど》を開けた。

私もサッシに手をかけ、窓を開ける。

「なんだよ。なんか用か？」

運動の途中《とちゅう》だったせいか、詩音は肩《かた》で息をしながら、そう言った。

「用がなかったら話しかけちゃいけないの？」

私はそう言って、にやっと笑った。

詩音は、また元の場所に戻《もど》り「よっ」というかけ声とともに懸垂を始める。

「べつに、用が、ふっ、なくても、ふっ、好きに、ふっ、しろよー」

そういえば、初めて、この窓越《まどご》しに会話したときも、詩音は、こんなふうに懸垂をしていた。でも、そのときは上半身裸《はだか》で、私は目のやり場に本気で困《こま》ったんだ。今日は、T《ティー》シャツを着ているから、とりあえず安心だ。

「ねえ、今さらだけど、それなんなの？」

私《わたし》は、詩音がつかまっている鉄棒《てつぼう》のようなものを指さしながら、たずねた。

「えー？　こ、これか？」

詩音は、目玉を上に上げて、鉄棒を見る。二回、三回、と懸垂《けんすい》をした後、

「ああ、もうだめだ」

と言って、ドスン、と床《ゆか》の上に足をつけた。

「やべっ。じいちゃんに怒《おこ》られる。着地するときは静かにしろって言われてるんだ」

詩音が話している途中《とちゅう》、すでに下から「詩音！」という声が聞こえてきていた。声の主は、もちろん、詩音のおじいちゃんだ。その様子がおかしくて、私は、もう笑いが止まらなくなってしまう。

「じいちゃんは、おれがこの『ぶら下がり健康器』を使いこなしてるのがうらやましいんだ。だから、ああやって怒ってるんだよ」

「ぶら下がり……？」

なんだろう、初めて聞く名前だ。

「この鉄棒のことだよ」

詩音が、さっきまで懸垂《けんすい》をしていた鉄棒《てつぼう》を指さす。

「今から四十年前くらいに、じいちゃんがテレビショッピングで見て衝動買《しょうどうが》いしたんだって。むかしの出来事っておかしいよな。こんなもんが全国で大ブームになったって、笑っちまうよ。それがさ」

そこまで話して、詩音は、ぶっとふきだして笑う。

「じいちゃん、背《せ》が低いだろ？　だから、つかまること自体が大変でさ、二日で挫折《ざせつ》して、これは長年、洗濯物干《せんたくものほ》しになってた」

「それを詩音が、本来の使い道に復活《ふっかつ》させたんだ」

「お、なんか、かっけー言い方してくれんじゃん。そういうこと」

私《わたし》たちは、お互《たが》いに、ふふっと笑っていた。

なんだか、すごくおだやかな気分。いつも、こんなかんじなら、私たちの関係も、もっとちがったものになったり……しないかな。

そのとき、私の部屋の戸がノックされる音が聞こえた。

「杏都」

引き戸の向こうで呼《よ》んでいるのは、お母さんだ。

「呼ばれてるな」

詩音が言って、私《わたし》が「うん」とうなずく。

「じゃ、またな」

「うん。おやすみ」

窓《まど》を閉《し》め、カーテンも引く。それから、私は、部屋の戸を開けた。

「お母さん、どうしたの？」

「杏都、この前、話したことなんだけど……」

瞬間的《しゅんかんてき》に、いやな予感が胸《むね》をよぎる。

お母さんは、私から目をそらし、下を向いたまま、言った。

「今のお母さんは、元の家に戻《もど》る方向に気持ちがかたむいてるって、杏都に話したほうがいいかなって思って……」

ドクン、と心臓《しんぞう》が重く鼓動《こどう》をうった。

この前は、そのことについてはまだ保留中《ほりゅうちゅう》というかんじだったお母さん。

今は、気持ちが変わりつつあるの……？

「お母さん。やっぱり、月乃《つきの》のことが心配なの？」

私の声はふるえていた。そのことに、自分でも驚《おどろ》く。少しでも気持ちを落ち着かせるため、私は着ているカットソーのすそをぎゅっと握《にぎ》りしめた。

お母さんは「そうね……」とつぶやく。

「月乃は、たいせつな娘《むすめ》だから。もちろん、杏都だってそうよ」

「うん……」

私《わたし》のなかで、いろんな気持ちがぐるぐる回っている。

お母さん、いつも私や月乃の心配をしてくれるけれど、自分の気持ちはどうなの？

そう聞いてみたいのに、怖《こわ》くて聞けない。

それは、私がずるいからだ。

もし、お母さんが自分の気持ちを一番に優先《ゆうせん》したら……。

そこに、私や月乃はいなくなる。

お母さんは、なにか話し始めるときに「杏都は」「月乃は」って、言ってばかり。自分のことより、まず私や月乃のことが頭にあるせいだ。

それに、お母さんは、自分のことをいつも「お母さんは……」と言う。「お母さん」の一人《いちにん》称《しょう》は「お母さん」と決まっているみたいに……。だけど、もし、お母さんが「わたしは……」と言い始めたら、そこにいるのは「私たちのお母さん」ではなく、一人の人間「田代理恵子《たしろりえこ》」がよりくっきりと浮《う》かび上《あ》がってくるような気がする。私は、それが少し怖いんだ。お母さんが、お母さんでなくなって、私から離《はな》れていくような気がするから。

私《わたし》って、ずるい。お母さんに子《こ》ども扱《あつか》いするなって反抗《はんこう》することもあるのに、お母さんに守ってもらえなくなることを心のどこかで恐《おそ》れて、自分の力で立つことを放棄《ほうき》しようとしている。

「この話は、まだおじいちゃんとおばあちゃんには内緒《ないしょ》にしておいてね。二人を混乱《こんらん》させたくないから」

お母さんが言った。

ここへやってきたときと同じように、旅立つときも、また突然《とつぜん》になるのだろう。

おやすみ、とお母さんが立ち去る。また部屋に一人になった私は、ふらふらと力のぬけた足取りで机《つくえ》の前に立った。

机の引き出しをそっと開ける。そこに入っているのは『ほしぞら祭《まつ》り』で撮《と》った詩音といっしょにうつっている写真、詩音にもらってしぼんでしまった水ヨーヨー、詩音のシャツとおそろいの生地《きじ》がリボンになっているバレッタ。そして、まだなにも書きだせていない、タイムカプセルに入れる便せん。

さっきまで、詩音とおだやかに話して満たされていたのに……。

いいときってすぐおしまいになっちゃうのは、どうしてなの？

私は、引き出しから取りだしたバレッタを髪《かみ》につけてみようとした。だけど、うまくできなくて、手から、するりとバレッタがこぼれ落ちる。カシャンと音をたてて、バレッタが畳《たたみ》の上に転がった。

私《わたし》は、バレッタを拾うと、引き出しのなかへ戻《もど》した。次に取りだしたのは、タイムカプセルに入れる便せんだ。

ペンを握《にぎ》り、便せんに文章を書きつけていく。

どこにもいけない私の気持ち。だけど、今、ここで感じていることを忘《わす》れたくない。

誰《だれ》にも話すことができないのなら、せめて、ここに書いておきたい。

私は、無我夢中《むがむちゅう》で文章をつづっていた。

9 文化祭、本番！

「それでは撮《と》りますよー。いち、に、さーん」

ピッ、とデジカメのシャッターを押《お》す。デジカメの小さな液晶画面《えきしょうがめん》には、ミニチュアの街に入《はい》り込《こ》んだ女子中学生二人がうつっている。私《わたし》の一つ上、三年生だ。

「すっごくおもしろい！　なんだかゴジラになった気分」

「じゃ、わたしはウルトラマン！　とうっ！」

いつもは大人っぽく見える三年生が、はしゃいでる様子を見ると、先輩《せんぱい》といっても私たちとそう変わらないんだという気持ちになる。

「撮った写真は、後で写真の注文販売《ちゅうもんはんばい》をするときに廊下《ろうか》に貼《は》りだすので、よかったらチェックしてみてくださいね」

私が言うと、二人の先輩は「はーい」と声をそろえた。

「写真、買うよね。手帳に貼って、受験勉強がつらいとき、それ見てがんばる」

「うん。絶対《ぜったい》、いっしょの高校行こうね」

三年生の会話のなかには、もう受験というキーワードが当たり前のように出てくる。

……月乃《つきの》のこと、思いだしちゃうな。月乃は、まだ五年生だから、入学試験があるのは、あと一年以上先だけど……。

最近、月乃へメールを送っても、メッセージアプリの絵文字やスタンプしか返ってこない。

画面に表示《ひょうじ》されるかわいいキャラクターがにこにこ笑っているスタンプは、ぱっと見たところ相手が元気なのだろうと思いがちだけど、それは、あくまでもそのキャラクターの気持ちだ。

スタンプじゃ、月乃の本当の気持ちがわからない。短い文でもいい、せめてメールで月乃自身がつづった言葉を読みたい。

いったい、どうしたらいいのかな……。

「ねえ、ねえ。カメラマンさん」

考え事をしていた私《わたし》は、先輩《せんぱい》の声で、ハッと我《われ》にかえった。

「このミニチュアのセットも、あっちのおとぎ話に出てくるような森も、全部すごいね」

「ホント。これじゃ、あたしたちのクラスの出し物、二年生に負けちゃうよー」

ほめられて、私は「そんなことないです」と首を横に振《ふ》る。

でも、嬉《うれ》しい。

私《わたし》たち、二年二組の出し物は大成功といえるだろう。『思《おも》い出写真館《でしゃしんかん》、二年《ねん》二組《くみ》』には、朝から、ひっきりなしにお客さんがやってきている。

準備《じゅんび》はいろいろあって大変だったけれど、がんばってよかった。

「田代《たしろ》さん」

肩《かた》を叩《たた》かれ、後ろを向くと、同じ班《はん》の須藤《すどう》さんと中野《なかの》さんが立っていた。

「撮影係《さつえいがかり》、おつかれさま。一人で大変だったんじゃない？　今度は田代さんが休憩《きゅうけい》してきなよ」

中野さんが言った。

係員の仕事は一つの班ごとに二人組で交代制《こうたいせい》なのだが、私とペアになるクラスメートは急な風邪《かぜ》で欠席してしまい、仕方なく私は一人で担当《たんとう》していたのだ。

「あたしたちは、もうお弁当《べんとう》も食べたから、午後は、ずっと教室にいるね」

「そうそう。自分の仕事が終わっても、ほかのひとをサポートするから、田代さん、ほかのクラスの出し物もゆっくり見てくるといいよ。一人でがんばってくれたんだもの。それくらいしても許《ゆる》されるよ。けっこう楽しいから！」

「うん。それじゃあ、休憩させてもらおうかな」

私は、須藤さんにデジカメを渡《わた》した。

文化祭の準備中《じゅんびちゅう》はいろいろあったけれど、あれ以来、私《わたし》たちは、すっかりうちとけ、今はこんなふうにふつうに接《せっ》することができている。

係の仕事から解放《かいほう》されたら、ぐう、とおなかが鳴った。

今日は、準備《じゅんび》のせいで、朝、家を出てくるのが早かった。それに伴《ともな》い、朝ご飯も早めにすませたので、おなかがすいた。

教室を出て、荷物置き場になっている視聴覚室《しちょうかくしつ》をめざして歩く。今日は、教室のロッカーは使えないため、各クラスが決められた特別教室を荷物置き場として使っているのだ。同時に、そこが休憩場所《きゅうけいばしょ》にもなっている。

視聴覚室の戸を開けると、目にとびこんできた人物に、私は「あっ」と声をあげた。

「瑠奈《るな》！」

瑠奈は、今、まさに、お弁当《べんとう》の包みを開けようとしているところだった。

「杏都《あんづ》ちゃん！　もしかして、今から休憩？」

「そうなの。よかったあ、瑠奈がいて。嬉《うれ》しいな」

私は急いでリュックのなかからお弁当の包みを出して、瑠奈の隣《となり》に座《すわ》った。

「ほかにも休憩の子たちがいたんだけどね、みんな、屋上に行っちゃったんだよ」

瑠奈が言った。

「そっか。今日は、屋上が開放されてるんだもんね」

いつもは、屋上は出入《でい》り禁止《きんし》になっているため、鎖《くさり》のついた頑丈《がんじょう》そうな南京錠《なんきんじょう》がかけられている。文化祭の今日は「屋上ピクニック」ということで、そこでお弁当《べんとう》を食べていいことになっているのだ。この中学校で一年に一度、屋上に出ることができる貴重《きちょう》な機会だという。

「瑠奈は、屋上に行かなかったんだ」

「うん。疲《つか》れちゃったから、静かなところにいたくて。それに、屋上は楽しそうだけど、見張《みは》りの先生もいるし、こっちのほうが気楽でしょ？」

「言えてる。私《わたし》も、ここがいいな。教室がさわがしかったぶん、落ち着くね」

「よかった。これで杏都ちゃんと意気投合ってわけだね。杏都ちゃんが、本当は、屋上へ行きたかったら悪いかなあって思ってたから、よかった」

二人で、にこっと笑いあう。こういうところで気があうって、小さなことなんだけど、すごく嬉《うれ》しかったりする。

お弁当箱を開けると、おいしそうなにおいが、ふわっと立ち上ってきた。

中身は、チーズハンバーグと、ゆでたブロッコリー、にんじんグラッセ。海苔《のり》を巻《ま》いたおにぎりの具は、梅干《うめぼ》しと、おかかだと、おばあちゃんが言ってたっけ。

「わあ、瑠奈のお弁当、かわいい～」

瑠奈のお弁当《べんとう》は、ロールサンドイッチだ。しかも、サンドイッチをプリント付きのフィルムで包んで、両端《りょうはし》をキュッとねじって留《と》めて、キャンディみたいな形にしている。

「たくさんあるから、よかったら、一つ食べて。杏都ちゃん、ピーナッツクリーム、ツナマヨ、ハム卵《たまご》、どれがいい？」

「いいの？　やったあ。じゃあ、ピーナッツクリームがいい」

「はい、どうぞ」

瑠奈からロールサンドイッチを受け取る。食べるのがもったいないくらい、かわいい。

「そういえば、瑠奈は、午前中、出張《しゅっちょう》カメラマンの係をやってたんだよね？　どうだった？」

きゆらちゃんが提案《ていあん》した、出張カメラマン。これは、クラスでくじ引きをして係を決めた。残念ながら、私《わたし》はハズれてしまったので、できない。

「楽しかったけど、大変だったよ」

瑠奈は、サーモボトルに入ったお茶を飲みながら話してくれた。

「写真、撮《と》っていいのかな？　なんて迷《まよ》ってるうちに、シャッターチャンスを逃《のが》しちゃって、誰《だれ》もうつってなかったり、ブレブレになっちゃったりして。ああ、プリントされた写真を見るのが怖《こわ》いな。ヘンだったら、どうしよう」

「でも、『椿《つばき》写真館』の春木《はるき》さんが、アドバイスをくれたんだよね？」

出張《しゅっちょう》カメラマンに選ばれた子たちには『ここから商店街《しょうてんがい》』にある『椿写真館』の春木さんから、事前指導《じぜんしどう》が行われていた。春木さんは、この中学校の学校行事の写真撮影《しゃしんさつえい》も担当《たんとう》していて、今日もカメラ片手《かたて》に校内をまわっている。

「どんなアドバイスだったの？」

私《わたし》が質問《しつもん》すると、それまでふつうに話していた瑠奈が、急に口ごもる。

「うん、まあ……」

「え？　なあに？」

瑠奈の顔をのぞきこむと、こっちを、ちらっと見て、すぐに目をそらされた。

この反応《はんのう》、よけいに気になる！　いったい、どんなアドバイスだったの？

「『好き』になるんだって」

「えっ」

瑠奈の言葉に、心臓《しんぞう》がドキッと反応する。

「好き……って？」

私が問いかけると、瑠奈が「えっとね」と話しだした。

「春木さんは、撮影のとき、写真にうつすひとのことを、みんな好きになるんだって。あ、ひとじゃなくて、動物や風景のときも同じだよ。ファインダーをのぞいた瞬間《しゅんかん》から、おれは、このひとが大好きだーって思うんだって」

「そうなんだ」

ドキ、ドキ、と心臓《しんぞう》の鼓動《こどう》がいつもより大きくなっているのは、私《わたし》が「好き」という単語に敏感《びんかん》になっているからだろうか。

「なんか恥《は》ずかしいよね。だから、わたし、写真を撮《と》るとき、やたらに意識《いしき》しちゃって、ふだんはなんとも思わない男子を見ても、なんだかドキドキしてきちゃって。だから疲《つか》れたのかも……」

瑠奈は、そう言って、自分のほおを両手ではさんだ。

私は、瑠奈の話を聞いて、今、思ったことを口にしてみることにした。

「でも、私……春木さんの言っていることが少しわかる気がする。好きという気持ちがあれば、相手をたいせつにしたいと思うから……。そうしたら、すごく丁寧《ていねい》にシャッターを押《お》したくなるよね。好きなひとの、今しかない瞬間《しゅんかん》を撮るんだもん。一瞬でも見逃《みのが》したくないと思うし、絶対《ぜったい》に上手に撮りたいって思う……」

「杏都ちゃん……」

瑠奈は、ハッとしたような顔で私を見た。

「すごいね……。春木さんも、杏都ちゃんと同じことを話してたよ。それでね、好きなひとだと思って、被写体《ひしゃたい》を見つめると、自然と、思いやりのある優《やさ》しいまなざしになるんだって。それが、カメラにも伝わって、いい写真になるって、春木さんは言ってた」

「優しいまなざし、か」

私《わたし》の頭のなかに浮《う》かんできたのは、夏休み、詩音《しおん》と『ここから商店街』で『おさんぽ・おかいものラリー』をして帰ってきたときのことだった。

あのとき、私を見ていた詩音は、同い年なのに、まるで小さな子を見守るような目で私を見ていた。あれも、いつもとちがうまなざしだった。そして、私は、その後で詩音が好きだと自覚したんだ。

「杏都ちゃん、さては好きなひとがいるんじゃない？　さっきの話、リアルだったもん。実体験からでしょ？」

「あ……」

瑠奈の言葉に心臓《しんぞう》がドキンとはねる。

「あはは。ごめん、冗談《じょうだん》だよ。杏都ちゃん、からかってごめんね」

そう言って、瑠奈はフォローしてくれたけれど、だまりこんでいる私を見て、徐々《じょじょ》に真剣《しんけん》な表情《ひょうじょう》になっていった。

「え……。杏都ちゃん……？　もしかして……ホントに恋《こい》、してる？」

「……うん」

こくん、とうなずくと、瑠奈は「うそぉ……」とつぶやいた。

「そうなんだ……」

私《わたし》の反応《はんのう》に、瑠奈は動揺《どうよう》しているみたいだった。そうだよね、ずっと好きなひとなんていないって言っていた私が、急にこんなこと言うんだもの。驚《おどろ》かれて当然だ。

瑠奈は、自分の髪《かみ》を手ぐしで整えるしぐさをしながら「そっかあ」とつぶやく。

「そうだったんだ……。あは、ごめん。なんかびっくり……っていうか、こんなこと言って、おかしいいんだけど、今、わたし、嬉《うれ》しいけど、ちょっとさみしい」

「え？」

瑠奈の顔をのぞきこむ。私と目があった瑠奈は、恥《は》ずかしそうにサッと目をそらした。

「こんなこと言って、ばかみたいだって思わないでね？　杏都ちゃん。わたし、杏都ちゃんに好きなひとがいるって知って、なんだか自分がおいていかれたように感じて……。ふつう、中学二年生になったら好きなひとくらいできて当たり前だよね？　でも、わたし、本当にまだそういう気持ちがわからなくて……」

「瑠奈……」

私は、そんなことない、というふうに首を横に振《ふ》った。

「恋《こい》をする時期って、ひとの数だけちがっていいと思う」

だから、瑠奈は、ちっともおかしくなんてない。

私《わたし》だって、恋をしたのは妹の月乃のほうが先だった。だから、きっと年なんて関係ないんだよね。

それまで硬《かた》い表情《ひょうじょう》だった瑠奈が、ふふっと笑った。

「ありがとう、杏都ちゃん。実は、けっこう、真剣《しんけん》に悩《なや》んでたことだったから、杏都ちゃんがそう言ってくれて、ホッとしてる」

「でもね、瑠奈、好きなひとがいるっていっても、私、片思《かたおも》いなんだ。それも、かなう確率《かくりつ》は、ほぼゼロってわかっちゃった」

「片思いか。ちょっとつらいね。でも、まだどうなるかわからないよ。恋愛《れんあい》したことないわたしが言うなってかんじだけど、ひとの気持ちって変わっていくものでしょ？　世の中に『絶《ぜっ》対《たい》、こうなる』なんて保証《ほしょう》はないもん。だから、今は片思いでも……ね？　杏都ちゃん、わたし、応援《おうえん》するよ」

瑠奈は、小さくガッツポーズをとった。

「でも、恋の応援って難《むずか》しいね。だって、結局、最後は自分の勇気次第《しだい》でしょ。告白《こくはく》は、誰《だれ》かにかわりにしてもらうなんてできないもんね」

瑠奈の言葉に、私《わたし》は、この前、古着屋『CHARGE《チャージ》』の串本《くしもと》さんが言ったことを思いだしていた。

――「みんなの助けがあったとしても、最後の最後に自分を救《すく》えるのは、自分自身だよ」

ガラッと、私たちのいる視聴覚室《しちょうかくしつ》の戸がいきおいよく開く。

なに？　と思って、顔を上げたとたん、ピッとデジカメのシャッターボタンを押《お》す音が聞こえた。

「撮《と》っちゃった、今の顔。二人とも、びっくり顔だったぜ」

デジカメを持った詩音が、いたずらっ子のような笑《え》みを浮《う》かべて、私たちの前に立っていた。

「詩音！　いきなり撮るなんてひどい！　やだ、絶対《ぜったい》ヘンな顔にうつってる。もう、やめてよね」

瑠奈が立ち上がって抗議《こうぎ》している。

デジカメで画像《がぞう》を確認《かくにん》した詩音が言う。

「あ、残念。逆光《ぎゃっこう》になってよくうつってないや」

それを聞いた瑠奈が「よかった」と胸《むね》をなでおろした。

思ってもみなかった詩音の登場に、私は鼓動《こどう》が高鳴っていくのを感じていた。

そういえば、詩音も、出張《しゅっちょう》カメラマンの係になっていたんだ。

「杏都ちゃん、せっかくだから、詩音に写真を撮《と》ってもらおう。今度は、ちゃんとした顔で、ね？」

瑠奈が、私《わたし》の腕《うで》を引っぱった。

「うん。そうしようか」

詩音！　と、私は言《い》い慣《な》れた名前を呼《よ》ぶ。

「ん？　なに？」

「写真、撮ってよ。詩音」

その名前を呼ぶたびに、鼓動《こどう》がまた少し速くなる。目には見えない時間が、きらめいているのを感じる。できることなら、それを透明《とうめい》な瓶《びん》に入れて、ずっと、永遠《えいえん》に閉《と》じ込《こ》めておきたい。それができたら、これから先、つらいことがあったとき、きらめく時間の入った瓶を見て、がんばろうって思えるから。

初めて詩音に名前を呼ばれたとき、私の体に眠《ねむ》っていたスイッチを押《お》された気がした。

もっと呼んでよ、私の名前を。詩音の声で聞く自分の名前。十四年も「杏都」と呼ばれて生きてきたというのに、私は、あのとき、初めて自分の名前と出合ったような、そんなふしぎな気持ちになっていた。

「二人ともそこの黒板の前に並《なら》べよ。今の位置だと、また逆光《ぎゃっこう》になっちゃうから」

詩音がデジカメを構《かま》える。

私《わたし》の顔は、詩音にはどんなふうに見えているのだろう。

――「春木さんは、撮影《さつえい》のとき、写真にうつすひとのことを、みんな好きになるんだって」

さっき瑠奈が話していたことを思いだして、胸《むね》に甘《あま》く、せつない想《おも》いがよぎった。

「どーした？　表情硬《ひょうじょうかた》いぞー。特に杏都！」

カメラを構えたまま、詩音が言う。

撮影の間だけでも被写体《ひしゃたい》のことを好きになってくれるのなら……。

私は、胸をはって、笑顔《えがお》をつくった。

「お、いいじゃん」

詩音が言った。

シャッターを押《お》すまでの、ほんのわずかな時間だっていい。

詩音。

詩音に写真を撮《と》ってもらうこの瞬間《しゅんかん》だけ……。今だけ両思いになってるって思っていいよね。

「撮るぞー」

ピッ、とデジカメのシャッター音が聞こえた。

お弁当《べんとう》を食べた後、私《わたし》は瑠奈といっしょに、ほかのクラスの出し物を見るために校内をまわった。

お化《ば》け屋敷《やしき》や、ビンゴゲーム。いろんな出し物があったけれど、どれも、よくある定番のネタといったかんじだった。そう思っていたのは瑠奈もいっしょみたい。

「わたしたちのクラスの出し物が、いちばんいいね」

私の耳元でこっそり、瑠奈が言った。

自分のクラスに戻《もど》ってくると『思い出写真館、二年二組』は、まだたくさんのお客さんでにぎわっていた。午後二時を過《す》ぎ、文化祭も、もうすぐ終わりに近づいている。最後に写真を撮《と》りたいという生徒が、一気に駆《か》けつけたせいだ。

「あたしも撮影《さつえい》、お願いしまーすっ！」

教室に、ひときわ元気な声が響《ひび》く。きゆらちゃんだ。

きゆらちゃんは、いっしょにいた三年生の男子の腕《うで》を引っぱりながら、ミニチュアがあるセットへ向かっていく。

「おい、箭内《やない》。やめろって」

きゆらちゃんに連れてこられた三年生の男子は、口ではそう言いながらも、顔は笑っていた。

なんか……やだな。

胸《むね》がざわついた。

きゆらちゃん、詩音以外の男子とあんなに接近《せっきん》して……。もしかして、男子なら誰《だれ》でもいいのかな。それとも、好きなひとは一人じゃなくて、たくさんいても構《かま》わないというタイプなのかな。もし、そうだとしたら、詩音はどう思うんだろう……。

複雑《ふくざつ》な思いが、私《わたし》のなかをぐるぐる駆《か》けめぐった。

「きゆらちゃん。写真、どんな構図《こうず》で撮《と》ったらいい？」

撮影係《さつえいがかり》に聞かれたきゆらちゃんは、くすっと笑ってから、

「それは、もちろん、あたしがゴジラっぽく先輩《せんぱい》を襲《おそ》っている場面でーすっ！」

がおー、とおどけて、きゆらちゃんは両腕《りょううで》をひろげた。そのまま、三年生の男子につかみかかろうとしている。

きゆらちゃん、大胆《だいたん》……。

見ているこっちがドキドキしてしまう。

「うわっ。こいつ、マジじゃん」

「がおー、覚悟《かくご》しろー」

ふざけあっている二人に、周りにいた生徒たちが笑っている。そのとき、近くにいた女子たちが話すのが聞こえた。

「きゆらちゃん、あの先輩《せんぱい》のこと好きって本当だったんだ。すごく嬉《うれ》しそう」

「うん。でも、あのかんじ、両思いっぽいよねー」

きゆらちゃんの好きなひとは、あの三年生の男子？

ミニチュアの前で笑いあっているきゆらちゃんと三年生の男子を見ながら、私《わたし》は、ふっと肩《かた》の力がぬけていくのがわかった。

……なんだ。きゆらちゃんが好きなのは、詩音じゃなかったんだ。

「杏都ちゃん？　ねえ、杏都ちゃんったら」

瑠奈に名前を呼《よ》ばれて、私はハッとした。

「どうしたの？　ボーッとして。ね！　陽太《ようた》がアイアイを連れてきてくれたよ」

「やっほー！　写真、撮《と》りに来たよ〜」

私たちとは別のクラスのアイアイがやってきた。今日のアイアイは、文化祭仕様でほおにラメのついた星形のシールを貼《は》っている。泣きボクロみたいでかわいい。

「ね、写真撮ろう！　あたしは、おとぎの森がいいな」

アイアイに腕《うで》を引っぱられて、私《わたし》はおとぎの森のセットの前まで連れてこられた。

……私って、ばかみたいだな。

撮影係《さつえいがかり》のクラスメートに写真を撮《と》ってもらいながら、さっきの自分を思いだして苦笑《くしょう》してしまう。

三年生の先輩《せんぱい》とはしゃぐきゆらちゃんを見て、詩音がかわいそう、なんて思ってしまったんだ。

だって、もし、詩音がきゆらちゃんを好きだったりしたら、あの光景を見て傷《きず》つくんじゃないかって思ったから。

教室を見回して、詩音の姿《すがた》をさがす。

詩音は、天使の羽の壁画《へきが》の前でいつものお調子者男子たちとふざけあっていた。

……相変わらず、子どもっぽい。

ばかみたいな私。詩音と、きゆらちゃんがお似合《にあ》いだと勝手に想像《そうぞう》して、よけいな心配までして……。

「杏都ちゃん、どこ見てるのー？　ちゃんとカメラのほう、見てよ～」

アイアイに言われて、私は「あ、はい」と姿勢《しせい》をただした。

午後三時になると、全校生徒が体育館に集まり、文化祭の閉会式《へいかいしき》が始まった。いよいよクライマックスだ。

「それでは、クラスごとの出し物の人気投票の結果を発表します」

ステージ上にいる生徒会長が、副会長から封筒《ふうとう》を受け取る。そのなかに、結果発表が書いてあるのだ。

第三位、第二位ともに三年生のクラスが選ばれ、このまま第一位も三年生が持っていくだろうという空気に包まれていた。

そうだよね。さっきまで、瑠奈とは私《わたし》たちの出し物がいちばんいいね、なんて話していたけれど、それはやっぱり自分がかかわっているから欲目《よくめ》でそう感じるだけで、三年生にはかなわないんだろうな。

でも、いいんだ。

人気投票の順位はどうあれ、私は、今、やれるだけやったんだ、という達成感でいっぱいだった。

ステージでは、いよいよ第一位のクラスが発表されるようで、多くの生徒がかたずをのんで注目している。

「第一位は……」

生徒会長は、そこで言葉を区切ってから、体育館全体を見回す。緊張感《きんちょうかん》が見えない電流のようにびりびりとあたりに漂《ただよ》っている。

「第一位は、二年二組。『思い出写真館、二年二組』が人気投票で一位を獲得《かくとく》しました。おめでとうございます！」

わあっという歓声《かんせい》が起こる。

「やった！　杏都ちゃん、わたしたち一位だって」

隣《となり》にいた瑠奈が、私《わたし》に抱《だ》きついてきた。

感激《かんげき》のあまり、泣いている女子も何人かいる。

「二年二組の代表者は、ステージへどうぞ！」

司会をしている生徒が言う。

「杏都ちゃん！　ステージへ行ってよ」

いつのまにかそばにやってきたきゆらちゃんが、私の背中《せなか》をそっと押《お》した。

「ええ？　私？」

「当たり前でしょ。総監督《そうかんとく》さん！」

どうしよう。恥《は》ずかしい……。前にいた学校と比《くら》べて、この学校は生徒の人数が少ない。それでも全校生徒になると三百人近くになる。

そんなに大勢《おおぜい》の前に立つなんて、私《わたし》には無理だ。

「総監督《そうかんとく》！　総監督！」

お調子者の男子たちが手拍子《てびょうし》にあわせ、大声でそう言い始めた。そのうち女子も加わり「総監督」の大合唱になってしまう。

……やだ。一位をとれたことは、たしかに嬉《うれ》しいけれど、これは恥《は》ずかしすぎるよ。

「私……」

できない。無理だよ、と言おうとしたとき……。

誰《だれ》かが、ぐいっと私の腕《うで》をつかんだ。

「ほら。行こうぜ」

「詩音！」

私の腕をつかんだまま、詩音はステージへ向かって走りだす。

クラスメートたちがどよめいた。

「あの詩音が女子をエスコートしてるぞ」

詩音に引っぱられるままに、体育館を走る私。

えええっ?!　なに、この状態《じょうたい》！　どうなってるの?!

心臓《しんぞう》はドキドキするし、頭はふわふわしてる。詩音に腕をつかまれていないと、今の私、倒《たお》れちゃいそうだ。

詩音がなんのためらいもなく私《わたし》に触《ふ》れるのは、そう……私のことを女子だと意識《いしき》していないから。これは、あくまでも友人としての行動。自分の胸《むね》にそう言い聞かせるけど、もうだめ、ドキドキが止まらない。こんなことされたら、私、また勘《かん》ちがいしちゃうよ。詩音が好きな気持ち、止められなくなっちゃうよ？　それでも、いいの？

だけど、いくら心のなかで叫《さけ》んでも、直接《ちょくせつ》伝えないかぎり詩音に届《とど》くことはない。

ステージの近くまで来ると、詩音は、ぱっと手を離《はな》した。

「ここからは、一人で行けよ。杏都が提案《ていあん》した出し物で勝ちとった一位なんだから」

詩音が言った。

「うん」

ステージへ上がると、全校生徒の拍手《はくしゅ》が全身にふりかかってきた。

心臓《しんぞう》が口から飛びだすんじゃないかってくらい、派手《はで》に鼓動《こどう》をうっている。

「おめでとうございます！」

生徒会長から、金色に輝《かがや》くトロフィーを受け取る。トロフィーについているリボンには、今までの文化祭で一位になったクラスの出し物が表記されていた。ここに、私たちの出し物が新たに加わったんだ。

トロフィーを持ちながら、私《わたし》は、緊張《きんちょう》でふるえる足にぐっと力を入れた。

ステージの上にいると、全校生徒が集合している光景に圧倒《あっとう》されそうになる。それでも、私の目は自然と、あいつをさがしている。詩音……。どこにいるの？　そのとき、ステージのすぐ下にいる詩音と、ばちっと目があった。

詩音は、私と目があうと、一瞬《いっしゅん》、ハッと驚《おどろ》いたような顔をして、すぐに笑顔《えがお》になった。そして、私に向かって、ピースサインをした。

その瞬間、私は、この世界に詩音と二人だけになった気がした。みんなの拍手《はくしゅ》は、さざ波のように聞こえる。

神さま、お願いします。今だけ時間を止めてください。そう願わずにはいられなくなった。

今まで、十四年間生きてきて知った気持ち、どれもあてはまらない。今、この瞬間にしかない気持ち。

詩音が、好き。

好きなんだよ。

届《とど》かなくてもいい。両思いになれなくても……。詩音が好きと思った瞬間、見えない魔法《まほう》にかかったように胸《むね》のなかがあたたかく、心地《ここち》よくなる。

ステージからおりると、詩音はすでに元の列へ戻《もど》っていて、いなかった。

……さっき、この世界に詩音と二人だけになったみたいだと感じた瞬間《しゅんかん》は、夢《ゆめ》のなかにいるみたいだった。だけど、高鳴る鼓動《こどう》と、手にしたトロフィーが、あれは現実《げんじつ》だったんだよ、と教えてくれるように自己主張《じこしゅちょう》している。

「杏都ちゃん、かっこよかったよ」

列に戻《もど》ると、きゆらちゃんが、そっと私《わたし》に向かって親指をぐっと立てた。

「やっぱり杏都ちゃんを総監督《そうかんとく》に選んだあたしの目にくるいはなかったってことだね」

きゆらちゃんが言った。

それから、文化祭のもう一つの目玉であるタイムカプセルの作成が行われた。各自、持ってきた封筒《ふうとう》を代表者が回収《かいしゅう》し、タイムカプセルに入れる。

「このタイムカプセルは、町役場で、責任《せきにん》を持って保管《ほかん》します。開封《かいふう》されるのは、現在《げんざい》、二学年のみなさんが二十歳《はたち》を迎《むか》えるときです」

司会の生徒が言った。

この儀式《ぎしき》を去年終えた三年生は余裕《よゆう》の表情《ひょうじょう》で一連の流れを見つめている。いっぽう、一年生は未知のものを目の前にしたような、あふれ出る好奇心《こうきしん》をおさえきれないようだった。

「いいなー」

「来年、なに書こうか」

そんな声が一年生の列からは聞こえてくる。

タイムカプセルは、なかの物が劣化《れっか》しないよう特殊《とくしゅ》な素材《そざい》で作られた専用《せんよう》の容器《ようき》だ。ステージの上で銀色に輝《かがや》くそれを見ながら、私《わたし》は、もう二度とあのタイムカプセルを見ることはないんだ……と、そんなことを考えていた。


始まる前は、どうなることかと思っていた文化祭も、こうして終わりを告《つ》げた。

放課後。後片《あとかた》づけは明日《あした》することになっているので、教室の飾《かざ》りつけはそのままに生徒たちは下校していく。

瑠奈といっしょに帰ろうと下駄箱《げたばこ》の前まで来たとき、私は教室に忘《わす》れ物《もの》をしてきたことに気がついた。

「ペンケース、忘れてきちゃった。私、とってくる」

「うん。ここで待ってるね」

瑠奈を待たせては悪いので、小走りに教室へ急ぐ。

教室の戸をガラッと開けると、そこにいたのは……。

「詩音……」

もうすでに帰ったと思っていたのに。

詩音は、ミニチュアのセットの前でたたずんでいた。

「どうしたの？」

いったいなにをしていたんだろうと思って、私《わたし》は詩音に聞いてみる。

「やっぱり、おまえの班《はん》が作ったミニチュアがいちばんすごいなって思って。明日《あした》になったら、片《かた》づけちゃうだろ？　もったいないから、今のうちに目に焼きつけておこうと思って見てたんだ」

みんな、人気投票で一位を獲得《かくとく》したという達成感でいっぱいになってしまい、明日には片づけられる飾《かざ》りつけのことなど、頭のなかからすっかり消えてしまっている。そんななか、詩音は、こうなんだ。

一歩ずつ歩いて、立ち止まって、よく周りを見ている。たとえるなら、自分の後ろを歩く誰《だれ》かを気にして振《ふ》り返《かえ》ってばかりいる。最後尾《さいこうび》を歩く誰かのことも、けっして見捨《みす》てない。それが詩音。私は、詩音のそういうところも好きだ。

「なあ、もう文化祭終わったし、このなかのビル、一つもらってもいいよな」

詩音は、ミニチュアのなかから、ビルを一つ手にとって、言った。

あ、そのビル、私が作ったやつ。詩音、わかっててとったのかな。それとも、気づいていないのかな……。

聞きたかったけれど、なんとなく言いそびれてしまい、私《わたし》は、ちがう言葉を口にしていた。

「じゃあ、私は、これにしようかな」

詩音がとったビルの隣《となり》にあった三角屋根の家。私は、これを今日の記念にもらっていこう。写真、しぼんだ水ヨーヨー、バレッタに加えて、また宝物《たからもの》が増《ふ》えた。

「文化祭、終わっちゃって、さみしいな」

私が言うと、詩音が笑った。

「出し物のことでクラスメートとケンカまでしたもんな」

「もう、それもいい思い出って言ってよ」

「文化祭が終わっても、おれたちにはまだやることがあるだろ」

私は「え？」と首をかしげる。

「商店街の、ハロウィン」

詩音が言った。

その言い方に、あらためて、私たちは同じ商店街に住んでいるんだって思い知る。学校の外でも共通点があるというのは、嬉《うれ》しいものだ。文化祭が終わっても、さみしがる必要なんてなかったんだな。

「ねえ、詩音。詩音に、お願いがあるんだ」

私《わたし》は、自分で言いながら、ドキドキしていた。

神様、最後まで伝えられる勇気を、私にください。そう思いながら、話を続ける。

「今日、作ったタイムカプセル。あれを開けるとき、詩音に、私のかわりをしてほしいの」

「え？　なんだそれ」

「だから、もし、タイムカプセルを開けるときに私がいなかったら、詩音がかわりに私のも開けてねってこと」

「はあ？　どうしてそんなこと言うんだよ」

詩音は、わけがわからない、という顔をしている。

どうしてって……。

それは、私が……。

二十歳《はたち》になるとき、私はこの町にいないから。

言えない。

そこまで言う勇気は、ない。私は、ぐっと言葉につまり、だまってしまう。

「なあ、どうしてだよ。なんでそんなこと言うんだ？　タイムカプセルを開けるとき、なんで杏都がいないって前提《ぜんてい》になるんだよ。なにかあるのか？　どうしてなんだよ」

詩音は、しつこく食い下がる。

いつになく真剣《しんけん》な目で見つめられ、私《わたし》は泣きそうになってしまう。だめだ、泣いたりなんかしたら、よけいに詩音にあやしまれる。

「だって二十歳《はたち》だよ？」

私は、わざと明るい声を出した。涙《なみだ》が引《ひ》っ込《こ》むように、口角を上げて、せいいっぱい笑ってみせる。

「私、そのころには、日本だけじゃ物足りなくて、もしかしたら海外に留学《りゅうがく》とかしちゃってるかもしれないじゃない。だって、私だよ？　ね、ありそうでしょ」

おどけて言うと、詩音は「はっ」とあきれたように肩《かた》をすくめた。

「おまえなー、そんな、ふわふわした計画で海外なんて遠いところ行くやついないって」

「わからないよ？　あ、もしかしたら宇宙《うちゅう》行ってるかも！　月旅行が実現《じつげん》してる可能性《かのうせい》だってあるじゃない」

「今度は月かよ」

完全に冗談《じょうだん》だと思っているのだろう。詩音は、笑って、それ以上は追及《ついきゅう》してこなかった。

よかった。うまくごまかせた。

詩音、二十歳になっても、今、私が言ったことを忘《わす》れないで。

だって、あのタイムカプセルには、私の………が書いてあるから。

その夜、おじいちゃんとおばあちゃんをまじえた席で、お母さんから話があった。

『ここから商店街』のハロウィンイベントが終わった後、来月初旬《しょじゅん》、元の家に戻《もど》る、と。

別居《べっきょ》していた両親は、元の形に戻ることを決めたのだ。

10
アリスになったハロウィン。

十月、最後の土曜日。今日は『ここから商店街《しょうてんがい》』のハロウィンイベントだ。

商店街の通りは、夕方の四時から翌日《よくじつ》の朝まで歩行者天国になる。今日だけは『ハロウィン夜市《よいち》』ということで、どのお店も夜遅《よるおそ》くまで特別に営業《えいぎょう》をしている。ただ、私《わたし》たち、中学生は、夜九時になったらイベントはおしまい。私は、瑠奈《るな》をはじめとする商店街の「中二ズ」メンバーで、時間までおもいっきり楽しもうと約束していた。

そして、これが私の『ここから商店街』での最後の思い出になるだろう。……みんなには、話していないけど。

「まあ！　杏都《あんづ》ちゃん、とってもかわいいわ！」

ハロウィンイベントの仮装《かそう》のための衣装《いしょう》に着替《きか》え、下におりていくと、私を見たおばあちゃんのテンションが一気に上がった。

「すごいわねえ。物語の世界から飛びだしてきたみたいにすてき」

私《わたし》の仮装《かそう》は『不思議《ふしぎ》の国《くに》のアリス』の「アリス」だ。水色のワンピースに、白いフリルのエプロン。ヘアスタイルは、もちろん金髪《きんぱつ》のウイッグに、黒いカチューシャをあわせている。

「あなたも見てごらんなさいよ。杏都ちゃん、かわいいから」

おじいちゃんは、私の金髪のウイッグを見て驚《おどろ》いていた。

「染《そ》めたのかい？」

おばあちゃんが「まあ」と笑う。

「これ、ウイッグだよ」

私は、笑いながらウイッグを外してみせる。いつもの黒髪《くろかみ》が、ちゃんと存在《そんざい》していることに、おじいちゃんは内心ホッとしたように口元をゆるませた。

「ああ、びっくりした。いや、今のかつらはすごいね。本物みたいだから、つい」

胸《むね》をなでおろしているおじいちゃんに、私とおばあちゃんは顔を見合わせて笑った。

「みんな、ここにいたのね。ちょうどよかった。ハロウィン用の和菓子《わがし》をお店に並《なら》べる前に、試食してくれる？」

お母さんが作業場からやってきて、言った。

和菓子を製造《せいぞう》している作業場へ行くと、手のひらにちょこんとのるくらいの小さなサイズのかぼちゃがトレーにずらっと並んでいた。

「かぼちゃ形の練り切りよ。パンプキンペーストを混《ま》ぜているから、もちろん、かぼちゃの風味がするわ」

お母さんが言った。

練り切り、というのは、白あんをベースに作る和菓子《わがし》だ。

「うん。なかなかよくできてるじゃないか」

おじいちゃんが、かぼちゃ形の練り切りを一つ手にとり、口に入れる。丁寧《ていねい》に味わっているその様子は、和菓子を楽しむひと、というよりも、試験の採点《さいてん》をしている先生のようにも見える。それもそのはず、和菓子職人歴《わがししょくにんれき》、四十年を超《こ》えるおじいちゃんは、この仕事を始めたばかりのお母さんにとっては、れっきとした先生だ。

練り切りを食べ終え、おじいちゃんが言った。

「……合格《ごうかく》だね。さっそくお店に並《なら》べようか」

お母さんが、ハッと目を見ひらく。

「よかったね、お母さん。おじいちゃんも、とってもおいしいって！」

私《わたし》は、ぼうぜんとしているお母さんの肩《かた》を叩《たた》いた。

今までもお母さんがお店に並べるための和菓子を作ることはあったけれど、おじいちゃんが「合格」を出したことはなかった。だから、お母さんが作った和菓子は、私やおばあちゃんがおやつとして食べていたのだ。

「ありがとうございます……！」

お母さんは、おじいちゃんに向かって、深々とおじぎをした。

その姿《すがた》に、私《わたし》は複雑《ふくざつ》な思いを抱《いだ》いてしまう。

せっかく、おじいちゃんから合格点《ごうかくてん》をもらえたのに、元の家に戻《もど》ったら、お母さんはもう和菓子《わがし》に関する仕事はしないつもりなのだろうか。

「あら？　二階から、なにか音が聞こえない？」

おばあちゃんが言った。かすかに聞こえてくる電子音は、私のスマホの着信音だ。

「私のスマホだ。部屋に行ってくるね」

部屋に行くと、机《つくえ》の上に置いていたスマホが鳴っていた。画面に出ている名前は「田代月乃《たしろつきの》」。

え？　月乃から電話？

なんだろう。

画面をタップしてスマホを耳にあてる。

「もしもし。月乃、どうしたの？」

「……おねえちゃん？」

月乃の声は、いつもより低く、かすれていた。もしかしたら、泣いた後で電話をしているのだろうか。

「わたし、おねえちゃんのことを見損《みそこ》なったよ」

「えっ？」

突然《とつぜん》、なにを言いだすのだろう。月乃は怒《おこ》っているような口調で話を続ける。

「同情《どうじょう》なんてして、わたしが喜《よろこ》ぶとでも思ってるの？　逆《ぎゃく》だよ！　わたし、おねえちゃんのこと嫌《きら》いになりそう！」

「月乃、いったいなんのこと？」

「とぼけないでよ！　帰ってくる気なんてさらさらないくせに、無理しちゃって！」

「月乃……」

「お父さんから聞いたよ。おねえちゃん、お母さんといっしょにこっちへ戻《もど》ってくるって。それって、わたしのせいなんでしょ？　いいの？　おねえちゃん、今、住んでいる町が好きなんだって、わたしはそう思ってたのに」

スマホを持つ手に、自然と力が入る。

「私《わたし》が……今、住んでいる町が好きだって、どうして月乃にそんなことがわかるの？」

「わかるよ！　夏休みに、おねえちゃんがSNS《エスエヌエス》にアップした、商店街の動画を見たとき、わたし、わかっちゃったよ。おねえちゃんは、この町が大好きなんだって。わたしは、おねえちゃんの妹だよ？　それくらい、お見通しだよ」

さっきまで怒《おこ》ったような口調だった月乃の声は、だんだん湿《しめ》り気《け》を帯びてきた。

「わたし、そんなに頼《たよ》りないように見えるかな？　たしかに、塾《じゅく》での模試《もし》の結果がよくなくて、お父さんに泣きついちゃったけど。受験は、自分で決めたことだもの。結果がどうなったとしても、受け止める覚悟《かくご》もしてるんだよ？」

月乃は、ずずっとはなをすすった。

「おねえちゃんさ」

月乃が話を続ける。

「そっちに引《ひ》っ越《こ》したのは、お母さんがかわいそうだと思ったからでしょ？」

「え……。うん、まあ……」

お父さんに裏切《うらぎ》られたお母さんが、たった一人で住んでいた家を出るというのは、私《わたし》には耐《た》えられなかった。だから、いっしょにこの町へ来たのだ。

「おねえちゃんは、いつもそうやって、わたしたちにあわせてくれてたよね。外へ食事に行くときだって、本当はハンバーグが食べたいのに、わたしにあわせてお寿司《すし》にしてくれたり」

月乃の言葉に、私は「ふふ」と笑う。

「それは……。いいの、そんなこと。そういう性分《しょうぶん》なだけ」

「おねえちゃんだから？　でも、いつまでもそんなことばかりしていたら、おねえちゃんの本当の気持ち、見失っちゃうよ。やりたいこと、がまんしてばかりであっというまに人生が終わっちゃうよ」

「月乃……」

「わたしなんて、超《ちょう》わがままじゃん。お父さんとお母さんが別居《べっきょ》しようが、どうしようが、まず自分のことばっかり考えて行動してた……」

「そんなことないよ。私《わたし》は、月乃は立派《りっぱ》だと思う。自分のやりたいこと、進みたい道に向かって、まっすぐ一生懸命《いっしょうけんめい》につき進んでるじゃない」

「……ありがとう。だからね、わたし、おねえちゃんにもそうしてほしいんだよ」

「私も？　どういうこと？」

「おねえちゃんは、ゆずれないものをそっちで見つけたんじゃないの？」

「あ……」

月乃の言葉に、胸《むね》がざわつく。

ゆずれないもの。

それは、私にとって詩音《しおん》が好きという気持ち？　詩音がいるこの町にとどまりたいという気持ち？　どちらもあてはまる。だけど、もっと胸《むね》の奥《おく》に深く根づいた気持ちが、私《わたし》を揺《ゆ》さぶっていることに、今、気づいた。

私にとって、ゆずれないもの。それは……。

そのとき、下から「杏都ちゃーん。お友だちが来たわよー」という、おばあちゃんの声が聞こえてきた。

「月乃、ごめん。私、そろそろ出かけないと……」

まだ話の途中《とちゅう》で、月乃に悪いなと思いつつ、言った。

「うん。わかった、ごめんね、突然《とつぜん》、電話して、泣いちゃったりして」

「そんな。あやまるのは私のほうだよ。月乃に、いやな思いさせちゃったね」

「ううん。でもね、おねえちゃん、わたしは、本当に大丈夫《だいじょうぶ》だから。自分の気持ちをたいせつにして」

「月乃……」

「ホントにホント！　大丈夫！　恋《こい》するパワーの強さ、みくびらないでよっ。今度の模試《もし》では、おねえちゃんをびっくりさせちゃうんだから！」

さっきまで泣いていた月乃は、笑いながらそう言った。もちろん、強がりだって、私にもわかる。だけど、今は強がりでも、それを本当の強さにしてしまう可能性《かのうせい》を持っているのが月乃だ。

またね、と言って、私《わたし》はスマホの通話をオフにするアイコンをタップした。

下へおりていくと、おばあちゃんが私を手招《てまね》きしていた。

「外で、詩音くんたちが待ってるわよ。みんな、すごい格好《かっこう》ねえ」

「本当？　早く行かなきゃ」

私は、まだ心に残る月乃への思いをふりきるように、無理に笑顔《えがお》をつくっていた。

……本当は、笑える状況《じょうきょう》なんかじゃない。考えなきゃいけないことが、たくさんある。だけど、今日のハロウィンイベントは、私が『ここから商店街』にいる、残り少ない時間で作れる最後の思い出なのだ。

月乃、ごめん。今だけ楽しませて。お願い。

「みんなの仮装《かそう》、お互《たが》いに見るの今日が初めてなの！　当日のサプライズにしようって、衣装《いしょう》あわせの日をかぶらないようにしていたんだ。ああ、楽しみだなあ！」

わざとテンションを上げて言ったので、なんだか白々しいセリフのようになってしまった。

そのときだった。

「杏都ちゃん……」

おばあちゃんが、ふと、さみしげな表情《ひょうじょう》になり、私の手を握《にぎ》ってきたのだ。

「え……？　おばあちゃん？」

「本当に、あなたはいい子ね」

おばあちゃんが言う、そのたった一言で、私《わたし》の目頭《めがしら》に熱いものがわきだすのがわかった。

気づいているのだ。おばあちゃんには、私のカラ元気なんて、とっくに見ぬかれていたんだろう。涙《なみだ》ぐんでしまった目を急いでこすると、おばあちゃんが握《にぎ》った手に優《やさ》しく力を込《こ》めた。

「ここへ来たときも、あなたはそうやって無理をしていたわね。ねえ、杏都ちゃん、今はなにをがまんしているの？　自分の気持ち、抑《おさ》え込《こ》んで苦しくない？」

優しいおばあちゃんの声……。

もう、限界《げんかい》だ。

「おばあちゃん……。私、元の家に戻《もど》るかどうか、本当は、まだ迷《まよ》ってるの。最初は、こんな田舎《いなか》の町に住むなんて、いやだって思ってたのに、いつのまにか、この町が……『ここから商店街』が、大好きになっちゃったから……」

心のなかでぱんぱんに膨《ふく》らんでいた風船が破裂《はれつ》するみたいに、私は自分の気持ちを吐《は》きだしていた。さすがに、詩音のことが好きだとは言えなかったけれど……。

好きっていう気持ちって、きらきら光って、生きている実感をくれる。だけど、苦しさと表《ひょう》裏一体《りいったい》だ。

だって、好きだと別れがつらくなる。

失うのが怖《こわ》くてたまらなくなる。

おばあちゃんは「大丈夫《だいじょうぶ》よ」と言って、私《わたし》の目をじっと見つめた。

「杏都ちゃんが選びたい道を選んでいいんだよ。おばあちゃんや、おじいちゃんが力になれることがあったら、遠慮《えんりょ》なく話して。迷惑《めいわく》だなんて思わないで、言っていいのよ。杏都ちゃんに頼《たよ》りにされたら、むしろ嬉《うれ》しいくらいなんだから」

「おばあちゃん……？」

突然《とつぜん》、どうしたんだろう。

私がキョトンとしてしまったせいか、おばあちゃんは、さらに、こう言った。

「たとえば……。たとえば、よ？　杏都ちゃんが、このまま、うちの子になっちゃうとか」

「えっ！」

ドキン！　と心臓《しんぞう》がふるえる。

おばあちゃんの言ったことに驚《おどろ》きを隠《かく》せない私。その様子を見て、おばあちゃんは、あわてて「ああ、そうじゃないの」と首を横に振《ふ》った。

「戸籍《こせき》とか、そういうことじゃなくてね。このままここで、ずーっと暮《く》らしたっていいの、って意味で言ったのよ。杏都ちゃんも、ここに住んでわかったでしょ？　おじいちゃんとおばあちゃんは、まだまだ元気に働くつもりよ。杏都ちゃん一人なら大学に進学するまでがんばれるわ」

ウソ……。

おばあちゃん、そこまで言ってくれるなんて。

おじいちゃん、おばあちゃん、お母さんが話しあっているところを私《わたし》が立ち聞きしてしまったことも、おばあちゃんは気づいていたんだろう。それから、ずっと、おばあちゃんは私のことを考え続けていたんだ。

「……おばあちゃん」

私は、たまらなくなって、おばあちゃんに抱《だ》きついていた。

「あらあら。それにしても大きくなったわねえ。こうすると、もう、おばあちゃんのほうが小さいのがよくわかるわ」

小さなころ、おばあちゃーんと言って、その体に抱きつくと、私の頭はおばあちゃんのおなかくらいの位置だった。それが、中学二年生になった今は、私のほうが身長が高い。いつのまに追《お》い越《こ》してしまったんだろう。今は、抱きつくというより、私がおばあちゃんにおおいかぶさるような形になってしまう。それでも、おばあちゃんはしっかりと、私を内側にある心ごと抱きとめてくれる。

どうして、そんなに優《やさ》しいの？

どうして、私《わたし》のことがそんなにわかるの？

それなのに、私は、なぜ自分のことがわからないのだろう。

自分が、本当はどうしたいのか、最初の一歩さえふみだせず、小さなころと同じように親の言うことに従《したが》うことしかできずにいる。

「ほら、杏都ちゃん。泣いたらせっかくのかわいい格好《かっこう》が台なしよ。とりあえず、今だけは、悩《なや》むのはやめましょ。今日は、ハロウィンを楽しんできてね」

おばあちゃんは、エプロンのポケットからハンカチを出すと、私の涙《なみだ》をぬぐってくれた。

「今、おじいちゃんと理恵子《りえこ》が、さっきのかぼちゃの練り切りを容器《ようき》につめてお店に並《なら》べる準《じゅん》備《び》をしているから、後で、詩音くんたちに、またお店に寄《よ》るように言ってちょうだい。みんなの分は、ちゃんととっておくからね」

おばあちゃんの言葉にうなずくと、私は「いってきます」と外へ出た。

「あーっ！　杏都ちゃん、アリスだあ！」

私の姿《すがた》を見たとたん、アイアイが駆《か》け寄《よ》ってきた。

「きゃーっ。杏都ちゃん、めちゃくちゃ似合《にあ》う～！　かわいすぎ～！」

「アイアイも、すごい！　ハロウィンにぴったりな魔女《まじょ》だね」

「えへっ。ゴスロリ風魔女っ子、小学生のころから読んでる物語の主人公がそうだから、ずっと憧《あこが》れてたんだよね〜。串本《くしもと》さんのおかげで夢《ゆめ》がかなっちゃった」

私《わたし》たちが着ている衣装《いしょう》は、全部、串本さんが用意してくれた。どうしてこんなことができるんですか？　って聞いたら「テレビ関係の仕事をしていたときに知りあったひとに手伝ってもらったんだ。ぼく、そのひとにいろいろ、貸《か》しがあるからね」と言っていた。……って、いったいなにがあったんだろう。

「ねえ、詩音も見てよ！　杏都ちゃん、かわいいよねー」

アイアイが、私を強引《ごういん》に詩音のほうへ押《お》しだした。

「ちょっと、アイアイ。やめてよ」

私の言葉を無視《むし》して、アイアイは、ぐいぐい背中《せなか》を押してくる。

詩音は、陽太《ようた》くん、康生《こうせい》くんの男子三人でかたまってなにかを話している。仮装《かそう》をしているので、ぱっと見たところ、まだ誰《だれ》が誰だかわからない。アイアイに押されたいきおいで足元がふらつき、私は、どしん、と誰かの背中にぶつかってしまった。

「ご、ごめん」

あやまりながら顔を上げると、振《ふ》り向《む》いた詩音と目があった。

ドキッと心臓《しんぞう》が高鳴る。

ぶつかったのって、詩音だったの?!

急いで目をそらそうと下を向くと、今度は、詩音の、あらわになったおなかが見えた。

「やだ！　ちょっと、なに?!」

私《わたし》が悲鳴のような声をあげると、詩音は「おい、そんな汚《きたな》いもんを見るような反応《はんのう》するな」と言ってきた。

「わかった。詩音たちの仮装《かそう》『アラジン』でしょ？」

アイアイが言って、詩音が「あったりー」と胸《むね》を張《は》る。……また、おなかが見えた。だって、詩音の格好《かっこう》！　アイアイが言ったとおり『アラジン』の主人公のつもりなのだろう。上半身は、裸《はだか》の上にノースリーブの前開きベスト。ボトムスは、足元にいくにつれて、ゆったりとふくらみをもたせたアラビアンパンツだ。

「わっ！　おれはジーニーだぞ！」

そう言って、青い顔をしたキャラクターのお面をかぶっているのは、康生くんだった。体にぴったりと張りつくような光沢《こうたく》のある青いタートルネックに、詩音と同じようなアラビアンパンツをはいている。

「本当は顔も青く塗《ぬ》りたかったのにさー、肌《はだ》が荒《あ》れたら責任《せきにん》持てないからって串本さんにダメ出しくらっちゃったよ。それで、結局、これ」

ぶつぶつ言いながらお面をとると、見慣《みな》れた康生くんの顔が現《あらわ》れた。

「ちょっと待って。アラジンとジーニーがいるってことは、陽太は、もしかして……」

アイアイが、陽太くんと思われる人物の顔をのぞきこみ「きゃあっ」と叫《さけ》び声《ごえ》をあげた。

「そう、ジャスミンでーす！」

黒髪《くろかみ》ロングヘアのウイッグに、妖艶《ようえん》な衣装《いしょう》をまとった陽太くんが、うふ、と笑う。

陽太くん、まさか女の子キャラクターの仮装《かそう》だなんて！

アイアイは、陽太くんの周りをうろうろしながら、つぶやいている。

「く、くやしい。陽太、あたしよりかわいくない？　スタイルだっていいし……」

その様子を見て、私《わたし》は笑ってしまった。

「おれたちの『アラジン』、完ぺきに再現《さいげん》できてるな」

自信たっぷりに言う詩音。その直後、

「ハ、ハックション！」

詩音は、大きなくしゃみをして周りを驚《おどろ》かせた。

「詩音くーん」

走りながら、こっちへ向かってきたのは串本さんだった。

「もう気がすんだ？　風邪《かぜ》ひくといけないから、こっちのバージョンに着替《きか》えて」

串本さんが持ってきたのは、アラジンの白い衣装。わかった。ランプの精《せい》、ジーニーに頼《たの》んで王子の姿《すがた》に変えてもらったときの服だ。

「ぼくのジャスミンは、寒さ対策《たいさく》で長袖《ながそで》にしてもらったんだけど、詩音は、本物を忠実《ちゅうじつ》に再現《さいげん》するって聞かなかったんだよ」

陽太くんが言った。そう言われてみれば、陽太くんのジャスミンは、本物とは少しちがうアレンジが施《ほどこ》された衣装《いしょう》だ。

串本さんから、衣装を受け取った詩音は、不服そうな顔をしている。

「あーあ、こっちのほうが鍛《きた》えた腹筋《ふっきん》を見せびらかせてよかったんだけどなー」

出た。詩音の腹筋アピール。思えば、ここへ引《ひ》っ越《こ》してきたときのいちばん初めの思い出は詩音の裸《はだか》だった。

まさか、最後の思い出もそうなるなんて……。

おかしくて笑いがこみあげてきたけれど、同時に胸《むね》がチクリと痛《いた》んだ。

「あれー？　そういえば、瑠奈は？　まだ来てないのー？」

アイアイが、あたりをきょろきょろ見回しながら言った。

そう言われてみれば、瑠奈の姿が見あたらない。

どうしたんだろう？　瑠奈は、私《わたし》と同じく『不思議の国のアリス』の仮装《かそう》をすることになっていた。私がアリスで、瑠奈は白うさぎ。きっと蝶《ちょう》ネクタイにジャケットスーツで、頭にうさぎの耳をつけた格好《かっこう》で来るんだろうな。

「杏都さん、まだ気づかない？」

串本さんが、にやっと笑いながら言う。

「え？」

そのときだった。

あ、あれ？

詩音の家の『桜井薬局《さくらいやっきょく》』。店先に出してある看板《かんばん》から、ひょこっと出ているのは……ふわふわの、うさぎの耳?!

「瑠奈?!」

私《わたし》が名前を呼《よ》ぶと、看板の陰《かげ》から、にゅっとうさぎが飛びだしてきた。

ウソ！　信じられない！

それは、二本足で立っている着ぐるみのうさぎだった！

うさぎは、ひょこひょことコミカルな足取りで歩いてくると、私の前で、ぴたっと立ち止まり、首をかしげて「どう？」と言っているようなポーズをとった。

「もしかして……瑠奈、なの？」

私が言うと、うさぎは両腕《りょううで》をあげ、頭の上で大きなマルを作った。

「えーっ⁈　着ぐるみかよ！」

「すげえ。まさか、そうくるとは！」

瑠奈の仮装《かそう》には、ファッションにうとい男子たちも興味津々《きょうみしんしん》。

「うわあ。その手があったか〜。くそ、竹本《たけもと》にはインパクトで負けたな」

詩音なんて本気でくやしがっている。

みんなの反応《はんのう》に、串本さんは嬉《うれ》しそうにほほえんでいる。

「瑠奈さんはね、みんなが驚《おどろ》くような白うさぎになりたいって、ぼくに相談に来たんだよ。だったら、着ぐるみはどう？　って、ね」

串本さんの言葉に、白うさぎになった瑠奈は、うん、うん、とうなずいている。さらに、瑠奈は肩《かた》からさげていたショルダーバッグからホワイトボードと専用《せんよう》のペンを取りだした。ペンを使って、さらさらと文字を書く瑠奈。

『着ぐるみの世界観を壊《こわ》さないために、筆談にします☆』

ボードに書かれたメッセージに、みんなが、どっと笑った。

「これで、中二ズみんなそろったし、出発しようよー！」

アイアイが言った。

これから、みんなで『ここから商店街』の通りをこの格好《かっこう》のまま、練り歩くのだ。食べ物を扱《あつか》うお店では、ハロウィンの「お菓子《かし》をくれなきゃイタズラしちゃうぞ」というしきたり（？）に従《したが》って、なにかをもらえることになっている。

出発する前、串本さんが、みんなに言った。

「着ぐるみは、なかがすごく暑くなるから、二十分に一回は脱《ぬ》いで、水分補給《ほきゅう》すること。絶対《ぜったい》だよ！　みんなで注意して瑠奈さんを見てあげてね」

私《わたし》たちは「はーい」と返事をした。

11 ドッキリ大成功?!

『ここから商店街《しょうてんがい》』のハロウィンイベントは、初めてだというのに、なかなかの盛況《せいきょう》ぶりだ。

仮装《かそう》して歩くことが許《ゆる》されている商店街の通りには、時間がたつにつれ、どんどんひとが増《ふ》えてきた。ふだん、商店街に来る機会のないお客さんも訪《おとず》れているようだ。

誰《だれ》かとすれちがうたびに目に入る笑顔《えがお》や、聞こえてくる楽しそうな会話。レトロで、少しさびれた『ここから商店街』だけれど、今日は、まるで、いつもとちがうオシャレな洋服で着《き》飾《かざ》っているようにはなやいで見える。

お母さんが言っていたっけ。むかしは、休日になると、商店街の通りは、歩くのが大変なくらいひとがひしめきあっていたって。もしかしたら、こんなかんじだったのかな。

「トリック・オア・トリート!」

私《わたし》たちが、やってきたのは康生《こうせい》くんの家のお肉屋さん、『だるま』。

「おお、来たなー。うちで出すのは、お菓子《かし》じゃないぞー」

康生くんのお父さんが、そう言って、みんなに配ったのは、なんと、揚《あ》げたてのコロッケ。

「わあ！　おいしそう！　ってか、詩音《しおん》、もう食べてるし！」

アイアイにつっこまれ、詩音は、にやっと笑う。

「康生んちのコロッケ、最高！　おじさん、おばさん、ありがとうございまーすっ」

詩音は、元から『だるま』で作っているコロッケや焼き鳥が大好物だ。夏の『ほしぞら祭《まつ》り』でもたくさん食べていたのをよく覚えている。

夏休みに『おさんぽ・おかいものラリー』をしたときも、詩音といっしょにコロッケを食べた。店先で、買ったばかりのコロッケをほおばるなんて、マナーにきびしい父方のおばあさまが見たら卒倒《そっとう》してしまうかも。ちょっぴり悪いことをしていると自覚しながらも、コロッケのおいしさのほうがそれを上回っていた。

揚げたてのコロッケに、ふうふうと息をふきかけていると、詩音に声をかけられた。

「……前も思ったんだけど、もしかして、杏都《あんづ》って猫舌《ねこじた》？」

かあっと、顔が熱くなる。

「わ、悪い？」

私《わたし》が言うと、詩音が笑った。

「杏都の弱点、発見しちゃった」

「なにそれ、弱点だなんて」

ひどい！　と言う前に、詩音は私《わたし》から逃《に》げるように、ひらりと目の前からいなくなってしまう。私たちのやりとりを見ていたアイアイが「ふふっ」と笑う。

「やっぱり詩音は、まだまだジェントルマンにはなれないみたいだね」

「え？　どういうこと？」

アイアイの言葉に、私は首をかしげる。

「だーかーらー！」

アイアイが大きな声で言った。

「今のはね、杏都ちゃんの弱点を知って『かわいい』って思ったんだよ。詩音のやつ、素直《すなお》じゃないんだから」

「かっ、かわいい?!」

ウソだ！　詩音が私にそんな感情《かんじょう》、持つはずない。だけど、そう言われて、私の心臓《しんぞう》は、トクトクと心地《ここち》よい鼓動《こどう》をうっていた。あくまでも、アイアイがからかっているだけ、詩音が直《ちょく》接《せつ》そう言ったわけじゃない……。でも、もし、本当にそうなら……。

嬉《うれ》しいなって、思う。だって、好きなひとには「かわいい」って思われたい。しかも、それが、顔立ちや体型《たいけい》など目に見える外見のことじゃなくて、猫舌《ねこじた》っていう弱点だなんて。見た目をほめられるよりも、ずっと嬉《うれ》しい。

そこまで考えて、私《わたし》は、ハッと我《われ》にかえった。

いけない。またうぬぼれモードになってる。詩音に関しては、もう、完全に片思《かたおも》いなのだから、期待するのはやめなきゃって思うのに、気がつくとこうなってる。

これが恋《こい》なんだ……。やめようと思っても、やめられない。

「はあー、外の世界は涼《すず》しい〜」

うさぎの着ぐるみを脱《ぬ》いだ瑠奈《るな》が、私の隣《となり》にやってきた。

「人間に戻《もど》ったので、わたしもコロッケいただきまーす！」

そう言って、瑠奈はコロッケにかぶりついた。

「うん！　おいしい！　重労働の後だから、いつもより特においしく感じるなあ」

十月の終わりだというのに、瑠奈は半そでのT《ティー》シャツと学校指定のジャージのハーフパンツ姿《すがた》だ。それだけ着ぐるみのなかが暑いということなんだろう。

瑠奈は、さっぱりとした顔をしていた。

「康生の家でTシャツ着替《きか》えさせてもらったの。あらかじめ着替《きが》えを預《あず》けてたから」

「そうだったんだ。着ぐるみのなかって、どんなかんじなの？」

私は、瑠奈に聞いてみる。

「うん。なんだか、自分じゃない誰《だれ》かの視点《してん》で世界が見えるかんじで新鮮《しんせん》だよ。視界《しかい》は狭《せま》いけど、それなのに、今まで気づけなかったことが見えてくるんだ」

「たとえば、どんなこと？」

「ふふっ、そうだなあ」

瑠奈は、私《わたし》の顔をちらっと見て、にんまり笑う。なにか、たくらんでいるような表情《ひょうじょう》にいやな予感が胸《むね》をよぎる。

「え、瑠奈！　なにその顔。ねえ、なにが言いたいの？」

「えー、言っちゃっていいのかなあ」

相変わらず、にやにやしている瑠奈。

「もう！　教えてくれないならいい」

ぷいっと横を向くと、瑠奈はあわてて「ごめん、ごめん！」と両手をあわせるしぐさをした。

「……怒《おこ》らないでね？　着ぐるみのなかで、だまって、みんなを見ていたら、杏都ちゃん、詩音のことばかり目で追ってるなって思ったの」

「えっ」

ドキッとした。

自分では、そんなつもりはまったくなかったのに、私《わたし》、そんなに詩音を見ていたの？

「杏都ちゃん、この前の文化祭のとき、話してくれたよね。好きなひとがいるって。それって、もしかして……詩音だったりする？」

顔が、かあっと熱くなった。

瑠奈は話を続ける。

「あのね、詩音も杏都ちゃんを見てたよ。お互《たが》いに気づいてないだけで、同じだね」

「そう、なの……？」

瑠奈は「そうだよ」とうなずく。その顔は、私の気持ちなんて、とっくにわかっているといった様子だった。

「さて、休憩《きゅうけい》もしたし、そろそろ白うさぎに戻《もど》ろうかな。ちゃーんと、わたしを追いかけてきてね。『アリス』ちゃん」

瑠奈は、そう言って立ち去っていった。

私は、瑠奈に「詩音が好き」だとバレていたことの恥《は》ずかしさでその場から動けなくなっていた。だけど、それを笑わないでいてくれた瑠奈の優《やさ》しさにも心をうたれていた。

瑠奈には、自分の言葉できちんと話そう。

「瑠奈！」

私《わたし》は、あたりを見回し、瑠奈の姿《すがた》をさがす。だけど、本当のことを話そうと決意したときにかぎって瑠奈は見あたらなかった。

あれ？　そういえば、みんなは？

瑠奈だけじゃない。いつのまにか、私のそばからは詩音や、アイアイたちもいなくなっていた。私が、ぼんやりしている間に、みんな、次のお店へ向かってしまったのだろう。

どうしよう、早くみんなに追いつかなきゃ。

そう思って、私は駆《か》けだす。

『ここから商店街』の通りは、仮装《かそう》をしたひとたちでいっぱい。

ひとなみをすりぬけながら、私はみんなの姿をさがした。

あ！　少し先を歩いているゴスロリ風の女の子を発見。あれは、きっと……。

「アイアイ！　よかった」

「えー？　なにー？」

振《ふ》り向《む》いたその子は、アイアイとは全然ちがう顔……。

「ごめんなさい！　ひとちがいでした……」

私は、ぺこっと頭を下げ、逃《に》げるようにその場を後にした。

みんな、どこまで行っちゃったんだろう。

――「ちゃーんと、わたしを追いかけてきてね。『アリス』ちゃん」

さっき瑠奈はそう言っていた。

うさぎをさがしまわって走る今の私《わたし》は、まるで本物のアリスになってしまったみたいだ。

焦《あせ》って周りを見回すたびに、ひとが増《ふ》えていくような気がする。それに、いつもとちがう仮《か》装《そう》をしたひとたちのなかで、みんなをさがすのは想像《そうぞう》した以上に難《むずか》しいことだった。

私は、持っていたバッグからスマホを取りだし、時間を確認《かくにん》した。夜の七時半。八時になったら、みんなで、陽太《ようた》くんの家の『瀬高《せだか》食堂』で夕ご飯を食べる約束をしていた。

スマホの画面から顔を上げ、ふう、とため息をつく。

……まあ、いいか。このまま、ゆっくり歩いて『瀬高食堂』へ行こう。そこに行けば、みんなと合流できるはず。今さらあわてても仕方ないか。

あきらめかけた、そのときだった。

「瑠奈！」

人ごみのなか、ひょっこり飛びでたふわふわのうさぎの耳を見つけ、私は走っていく。

近づくと、着ぐるみの白うさぎが歩いていた。瑠奈でまちがいない！　だって、着ぐるみの仮装をしているひとなんてほかにはいないもの。

「瑠奈、よかったあ。私、はぐれちゃったかと思ったよ」

私《わたし》は、着ぐるみの腕《うで》に自分の腕をからませた。ふわふわの、気持ちのいい肌触《はだざわ》りに、思わずほおずりまでしてしまう。

「もふもふだね。気持ちいい～」

すると、瑠奈は、一瞬《いっしゅん》ぴたっとかたまった。たった一瞬の出来事だけど、それは、私のなかに違和感《いわかん》を落としていく。

着ぐるみの瑠奈は、私の腕を自分の腕から、そっと離《はな》した。まるで、私が近づくのを避《さ》けるようなしぐさに、またしても、なにかがヘンだと思う。

「瑠奈？　どうしたの？」

着ぐるみに包まれていて、表情《ひょうじょう》は見えないけれど、いつもいっしょにいる友だちだ。少しの変化でも、雰囲気《ふんいき》でなんとなくわかることもある。

着ぐるみの瑠奈は「いいや、なんでもない」というように、ふわふわの手を振《ふ》った。

私の気のせいかも。そう思って、私は、ふたたび着ぐるみの腕に自分の腕をからませた。

「このまま歩いていこうよ。こうしていれば、私の声、瑠奈にも聞こえるでしょ？」

着ぐるみのなかにいる瑠奈に聞こえるよう、できるだけ体をぴったりくっつけていたいのだ。

「瑠奈に、聞いてほしいことがあるんだ」

私《わたし》は、胸《むね》の高鳴りを感じながら、話を続けた。

「さっきの話の続きなんだけど……」

夏の『ほしぞら祭り』のときは自分の恋《こい》バナなんて、なにもないって、真っ赤になって否定《ひてい》した私。あれから、いろんなことがあった。この町が、詩音が、今までの私とは、ちがう私を連れてきてくれた。

「瑠奈の言ったこと、当たりなの。私の好きなひと。私……詩音が好きなんだ。あんなにサイアクな出会いだったのに、ばかみたいでしょ？」

「………」

着ぐるみの瑠奈からは、なんの反応《はんのう》もない。

どうしたの？　瑠奈、なにか言ってよ。

私は、着ぐるみの腕《うで》をつかんでいた手に力を込《こ》めた。ふわふわの布地《ぬのじ》に私の指がぎゅっと沈《しず》み込《こ》む。

そのまま、だまったまま歩き続け、『瀬高食堂』のおなじみの紺色《こんいろ》ののれんがすぐ先に見えた、そのときだった。

突然《とつぜん》、着ぐるみの瑠奈は、私の腕を振《ふ》りほどいた。

「瑠奈?!　どうしたの？」

私《わたし》が呼《よ》びかけるのも聞かずに、着ぐるみの瑠奈は、今、歩いてきたほうを戻《もど》るように走っていってしまった。

え……。もしかして、私、瑠奈を怒《おこ》らせた？　急になにを言いだすんだって、おかしいと思われたのかな。

自分の行動を後悔《こうかい》しそうになった次の瞬間《しゅんかん》、『瀬高食堂』の、のれんの奥《おく》の戸がガラッと開き、そこから顔を出したのは……。

「ドッキリ大成功ー！」

「瑠奈?!」

どうして、瑠奈がそこにいるの？

『瀬高食堂』から飛びだしてきたメンバーは、瑠奈、アイアイ、康生くん、陽太くんの四人。

いったい、どういうこと?!　なにこれ？　どうなってるの？

どうして瑠奈が、そこにいるの？　それじゃあ、今、私がいっしょに歩いてきた白うさぎのなかには、いったい誰《だれ》が……。

私はプチパニックを起こし、あわあわと口を動かすだけで言葉を失っていた。そんな私を見て、みんなは笑っている。

「あはは！　ごめん、ごめん」

瑠奈が言う。

「杏都ちゃんを驚《おどろ》かせようと思って、すきを見て衣装《いしょう》をチェンジしたの」

「えっ、じゃあ、さっきの白うさぎの中身って、もしかして……」

私《わたし》は、頭から、さーっと血の気が引いていくのを感じていた。

ウソ。

ウソ。

ウソ！

さっき来た道を誰《だれ》かがこっちへ向かって走ってくる。それは、着ぐるみの頭の部分だけ脱《ぬ》いだ詩音だった。

私たちと合流した詩音は、真っ赤な顔をしていた。

「いやあ、着ぐるみのなかってマジで暑いなー」

私は、自分の足元だけ地面が割《わ》れて、その下へ真《ま》っ逆《さか》さまへ落ちていくような感覚におそわれた。ううん、本当にそれが現実《げんじつ》になってくれたほうが、マシ！

私、詩音に告白《こくはく》しちゃったんだ……！

——「私……詩音が好きなんだ。あんなにサイアクな出会いだったのに、ばかみたいでしょ？」

さっき、自分で言った言葉が耳の奥《おく》でよみがえる。

聞こえてた？　詩音にも？　そうだ、もしかしたら、よく聞こえなかったのかも。着ぐるみのなかにいたんだし。その証拠《しょうこ》に、詩音は、なにも言ってこないじゃない。

「あー、たくさん歩いて腹減《はらへ》った。なに食べようかなー」

席についた詩音は、テーブルの上にあるメニュー表を見ながら、陽太くんたちとしゃべっている。

今さら、あの告白《こくはく》、聞こえてた？　なんて確認《かくにん》することもできないし、あれはウソでした、なんて言うこともできない。だって、ウソじゃなくて本当のことだし！

その後、私《わたし》と詩音は、告白についてはなにも語ることなくハロウィンイベントは終わってしまった。

家路に着き、隣同士《となりどうし》のお互《たが》いの家の前で別れるときがやってきても、それは変わらなかった。

詩音が、家に入っていく前、今ならまだ間にあう。言ってしまおうか。告白のやり直し？　そんな勇気、ない。っていうか、詩音もなにか言ってよ！　どうして、私だけ、こんな複雑《ふくざつ》な気持ちにならなきゃいけないの！

声にならない思いが、私のなかをぐるぐる駆《か》けめぐっている。

「じゃ、じゃあな」

「う、うん。またね」

お互《たが》いの笑顔《えがお》が引きつっていたのは、気のせいだろうか。

自分の部屋へ直行し、私《わたし》は、その場にくずおれた。

こんなのって、あり?!

人生で初めての告白《こくはく》で大失敗。世界一ばかみたいな告白になってしまった。

……あきれるのを通《とお》り越《こ》して、涙《なみだ》さえ出ないよ。

クローゼットがわりにしている押《お》し入《い》れを開けると、串本《くしもと》さんのお店で買ったワンピースが目にとびこんできた。

これを買った夏休みの終わりに、私は詩音が好きだと気づいたのだ。

詩音に好きだと伝える、特別なときに着ていたいと思ったワンピース。

その願いも、もうかなわなくなってしまった。これって、私の片思《かたおも》いは、とことんうまくいかないっていう神様のお告《つ》げなのかもしれない。

いつもと変わらずそこにある、ど派手《はで》なフルーツ柄《がら》のカーテンも、今はまるで、ドジな私を笑っているかのように見えた。

12 もうすぐ、サヨナラ。

十一月になった。

瑠奈《るな》たちのドッキリに引っかかって詩音《しおん》に告白《こくはく》をしてしまったハロウィンイベントから、もうすぐ一週間がたとうとしている。

「手伝ってくれてありがとう。助かりました」

担任《たんにん》の柳沼《やぎぬま》先生に言われて、私《わたし》と瑠奈は「いえいえ」というふうに首を横に振《ふ》った。

放課後。教室で瑠奈といっしょにいたところ、先生に呼《よ》び止《と》められたのだ。

──「そろそろ文化祭の写真が出来上がるので、それを掲示《けいじ》する準備《じゅんび》を手伝ってくれませんか？」と。

私と瑠奈は、先生に渡《わた》された水色の模造紙《もぞうし》を、廊下《ろうか》の壁《かべ》に貼《は》りつけた。さらに、写真が届《とど》いたら、すぐにその上に貼りだせるよう、鉛筆《えんぴつ》で薄《うす》くしるしをつけていく。

「写真が届いたら、すぐに貼りだして、みなさんに見てもらいましょう」

先生の言葉に、瑠奈は「楽しみですね！　わたしが出張《しゅっちょう》カメラマンで撮《と》った写真、どうなっているかなあ」と声をはずませた。

いっぽう、私《わたし》は……。

なにも言えない私を見て、先生も困《こま》ったようにほほえむだけだった。

先生だけが知っているのだ。

明日《あした》、土曜日に私がこの町を旅立つこと。

まだなにも貼《は》られていないまっさらな模造紙《もぞうし》。私は、ここに貼りだされる写真を見ることができないんだ。瑠奈や、詩音が撮った写真も……。

一学期に転校してきたばかりだというのに「元の家に戻《もど》ることになりました」と話したとき、先生は自分のことのように残念がってくれた。

私は、先生にこのことは誰《だれ》にも話さないでほしいとお願いしていた。学校のみんな、『ここから商店街《しょうてんがい》』のみんなにも、なにも言わず旅立ちたい。それで、私がいなくなった後「だまって勝手にいなくなるなんて、ひどいやつ」って言われて、嫌《きら》われたほうがちょうどいいんだ。だって、好きな気持ちを残したままだと別れがつらすぎるから……。

この町で過《す》ごして、私は知ってしまった。好き、という気持ちは、ときに苦しさを伴《ともな》うということを。

それなら、いっそ嫌《きら》われたい。

そうしたら、私《わたし》も潔《いさぎよ》く気持ちを断《た》ち切《き》ることができるから……。

「それじゃあ、わたし、部活に行くね。杏都《あんず》ちゃん、また来週！」

「うん。バイバイ」

廊下《ろうか》を走っていく瑠奈に手を振《ふ》る。

小さくなっていく背中《せなか》に、私は心のなかで「ごめんね」と言った。

ごめんね……。

短い間だったけど、瑠奈が最初に話しかけてくれたおかげで、私は転校初日から大失敗してしまったこの学校でも、なんとかやっていくことができたよ。


その夜。おじいちゃんの家での最後の夕ご飯。どこかで食事をしようか、と言ってきたおじいちゃんに、私は「おばあちゃんの手料理が食べたい」と言った。それで、今夜のメニューは、おばあちゃんお手製《てせい》の鶏《とり》のから揚《あ》げ、具だくさんの豚汁《とんじる》、鯛《たい》のおさしみのカルパッチョ、ポテトサラダになった。材料は、もちろん、すべて『ここから商店街』にあるお店でそろえたものだ。

「おいしい！　私、ここへ来て体重が増《ふ》えたんだよ。だって、おばあちゃんのご飯、おいしくってがまんできないんだもん」

おばあちゃんが笑う。

「杏都ちゃんは細いから、もっと食べてもいいくらいよ」

食事が進む理由は、もう一つある。

家族みんなで囲《かこ》む食卓《しょくたく》だ。都会の家で暮《く》らしていたときは、いつ帰るかわからないお父さんを待ちわびて、食卓はいつも沈《しず》んだ空気が漂《ただよ》っていた。

そういえば、この家に詩音を招《まね》いて夕ご飯をいっしょに食べたこともあった。楽しかった。忘《わす》れない。

『ここから商店街』で過《す》ごした日々のこと、私《わたし》、ずっと忘れないよ。これから、つらいことがあったら、ここでのことを思いだせば、だいたいのことは乗《の》り越《こ》えられそうな気がする。それだけ、私にとっては、今まで生きてきた人生のなかで特別な時間だった。

食事を終え、部屋に戻《もど》る。ここへ来たときに持ってきたボストンバッグに、必要最低限《ひつようさいていげん》の荷物をつめてある。残りのものは、後でおじいちゃんが宅配便《たくはいびん》で送ると言ってくれた。

カーテンレールにかけてあるのは、串本《くしもと》さんのお店で買った、黒地に黄色い小花柄《こばながら》のワンピース。

明日《あした》、旅立ちのとき、私はこのワンピースを着ていこうと決めていた。

……本当なら、このワンピースを着て、詩音にあらためて気持ちを伝えたかった。

結局、例の告白《こくはく》について、詩音は、とうとうなにも言ってこなかった。なかったことにしたい、ということだろうか。それとも、本当に聞こえなかったのかもしれない。だけど、告白した後に現《あらわ》れた詩音の赤い顔……。

あれは、着ぐるみのなかが暑かったから？　それとも……。

ううん。もう考えるのはやめよう。

私《わたし》は、頭を振《ふ》って気持ちを切《き》り替《か》えることにした。

私は、明日《あした》、ここからいなくなる。そんな子に「好きだ」と言われても仕方ない。もし……本当に、もしかしたら、の話だよ？　もしも両思いになれたとしても、そうなったら今度は遠《えん》距離恋愛《きょりれんあい》。そんなの、中学生の私たちには無理に決まっている。

私が、自分の進む道を自分で選択《せんたく》できる大人だったらよかったのに……。

今、私が十四歳《さい》だということは、どうやっても変えられない事実で、そう思ったら、迷子《まいご》になってしまったみたいに胸《むね》の奥《おく》がきゅーんと苦しくなった。

こんなときに必要なんだ。

こんなとき、詩音の無邪気《むじゃき》な笑顔《えがお》を見たら、私はまた前に進む力をもらえる。いつだって、そうだった。

私《わたし》は、窓辺《まどべ》に立ち、そっとフルーツ柄《がら》のカーテンを開けた。もしかしたら、同じタイミングで、詩音もこっちを見ていないかな？　そんな願いを込《こ》めながら……。だけど、そんなにうまくいくはずない。詩音の部屋は、カーテンが閉《し》まっていて、こっちへ出てくる気配すら感じられなかった。

もう寝《ね》ちゃったのかな……。そう思って、カーテンを閉めようとしたときだった。

詩音の部屋のカーテンが、サッと開いた。

「あ……」

窓越《まどご》しに、目があう。

詩音は、私を見て少し驚《おどろ》いたような顔をしていた。でも、私も同じだったと思う。なんて偶然《ぐうぜん》なんだろう。もしかして、今、私たち同じようなことを考えていたの？

カーテンに続いて、詩音は窓《まど》も開けた。私もそれに続いて窓を開ける。

「通じたな」

詩音が言う。

「え？」

私が聞き返すと、詩音は「テレパシー」と言った。

「ちょうど杏都に言いたいことがあったんだ」

「私《わたし》に？」

なんだろう。

こうしている間にも、私の心臓《しんぞう》はドキドキ高鳴っていく。

アクシデントだったとはいえ、ハロウィンのとき、私は詩音に「好き」と告白《こくはく》してしまったのだ。

もしかして……。

私に言いたいことって、あのときの返事……だったりして。

勝手な想像《そうぞう》に私の鼓動《こどう》はますます速くなっていく。

「あのさ……」

詩音の声に、顔が熱くなっていくのを感じて、私は下を向いた。きっと、耳まで真っ赤だ。

こんな顔、見られたくない。

「こっち見ろよ」

詩音が言う。

「な、なに？　話があるなら、さっさとしてよ」

言ってしまってから、しまった、と思う。

またやっちゃった。私の悪いくせ。本当は、詩音と話せて嬉《うれ》しいのに。赤くなっているのが恥《は》ずかしくて、気持ちとは反対のことを口走ってしまう。

「いや、こっち見てくれないと無理なんだって」

え？　それって、どういうこと……？

詩音の言葉に、私《わたし》は、そっと顔を上げる。

ふたたび目があった詩音は、ふっと、やわらかくほほえんだ。それは、今まで見てきた詩音の、どんな笑顔《えがお》よりも大人びていた。いつもの無邪気《むじゃき》な笑顔じゃない……。詩音、こんなに優《やさ》しい顔もするんだ。そう思ったら、ドキドキと早鐘《はやがね》をうっていた心臓《しんぞう》が、今度はキュッと苦しくなった。だけど、いやじゃない。こんなに優しいまなざしなら、いつまでも、ずっと私のことを見ていてほしいと思ってしまう。

「これ、おまえにやる」

そう言って、詩音は片手《かたて》に持っていたものを顔のあたりまで掲《かか》げてみせた。

「なにそれ」

なにかの空き箱……？　片手で持てるくらいの箱には、まわりをぐるりと囲《かこ》むようにガムテープが貼《は》られていた。

私は、さっきまで感じていたときめきが、徐々《じょじょ》にしぼんでいくのを感じた。

「あの、ごめん。詩音。……どう見ても、ゴミにしか見えないんだけど」

「え！」

詩音が、あわてて空き箱と私《わたし》を交互《こうご》に見た。

「な、なんだよ！　ゴミじゃねーし！　と、とにかく、これやるから、ちゃんと受け取れ！」

「えっ、詩音？　わ、ちょっと待っ……」

言い終わらないうちに、詩音は、持っていた空き箱を私のほうめがけてポイッと投げた。

詩音の投げ方がよかったのか、空き箱は私の胸《むね》のあたりにちょうどよくおさまった。

これ、ビタミン炭酸《たんさん》ドリンクの空き箱だ。お店番していた詩音と、いっしょに飲んだドリンクの空き箱……。

薬局をやっている詩音のうちには、こういう空き箱がたくさんあるのだろう。だけど、こうして手にしても、ゴミにしか見えない……。

私がだまって空き箱を見つめていると、詩音が言った。

「杏都専用《せんよう》タイムカプセル」

「これが？」

そう言われて、あらためて空き箱をよく見ると、ガムテープはゆがみなくまっすぐに貼《は》られていて、それだけで詩音がこれを丁寧《ていねい》に作ってくれたことがわかった。

「詩音、どうして？」

「おまえ、この前、教室で言っただろ。学校で作ったタイムカプセルを開けるとき、もし自分がいなかったら、おれにかわりをしてくれって」

「あ……」

文化祭の終わった教室で、二人きりで話したことを思いだす。

あのとき詩音に話したことは、この先現実《げんじつ》になろうとしている。私《わたし》は、部屋の隅《すみ》に置いたボストンバッグをちらりと見た。ここから、さよならするための荷物。

詩音の部屋からは、この荷物は見えていないだろう。

明日《あした》の今ごろ、私は、もうここにはいない。

詩音は、そんなこと一ミリも考えていないよね。明日も、その先も、ずっと、こうして窓越《まどご》しに会話できると思っているのかな。

そう思うと、胸《むね》が苦しくなって、本当のことをうち明けてしまおうかという気持ちになる。

でも、だめ。

私、怖《こわ》いんだ。もし、詩音に「明日、引っ越すんだ」と話したとき、どんな反応《はんのう》が返ってくるのか。

もしかしたら、私がいなくなることなんか、詩音にとってはどうでもいいことかもしれない。それを知るのが、怖《こわ》いんだ。

じわじわとせりあがってくる涙《なみだ》をぐっとこらえて、私《わたし》は、言った。

「それで？　どうしてこれが私専用《せんよう》のタイムカプセルなの？」

「だって、杏都のことだから、あの話もアリなのかなって思ったんだよ」

「あの話？」

「ほら、海外に留学《りゅうがく》とか、月に行くとか。おまえ、わが道を突《つ》っ走《ぱし》るってかんじだから、たしかにジッとしてないかもって」

詩音の言葉に、私は、ぷっとふきだしていた。

あれは、その場でとっさに言ってしまったウソなのに。

信じてくれている詩音がおかしくて……かわいくて……でも、嬉《うれ》しかった。

私の話を、ちゃんと聞いてくれていたんだね、詩音。

こらえた涙が、またしてもあふれそうになる。

詩音が言った。

「だから、それは杏都専用タイムカプセル。もし、あのタイムカプセルを開けるときに立ち会えなかったら、かわりにそれを開ければいい。そして、おまえのタイムカプセルは、おれが責《せき》任《にん》を持って預《あず》かる」

「……それまで、大事にとっておけるかな」

私《わたし》が言うと、詩音が「おまえなー」と笑った。

「なんだそれ。おれが心を込《こ》めて作ったんだぞ。絶対《ぜったい》大事にしろ。ゴミとまちがって捨《す》てるなよ」

「……どうかな」

「ちゃんと後で、答えあわせするからな」

「答えあわせって？」

「だって、ここは、杏都のふるさとだろ」

詩音の口から、珍《めずら》しく古風な単語が飛びだした。

ふるさと。

「詩音……」

「たとえ海外に留学《りゅうがく》しても、月に旅行したとしても、ふるさとには戻《もど》ってこられるだろ。だから、答えあわせっていうのは、そのとき、タイムカプセルのことを話そうってことだよ。わかったか？」

「うん……。そうだね……。わかったよ」

私は、くるりと詩音に背《せ》を向けた。

こらえていた涙《なみだ》があふれだす。もう詩音のほうを見ていられない。この涙は、見せてはいけない。

「詩音、私《わたし》、もう寝《ね》るね。おやすみ」

「おう。また明日《あした》なー」

背後《はいご》で、詩音が部屋の窓《まど》を閉《し》める音が聞こえてくる。そのまま、しばらく待ってから、私はそっと後ろを振《ふ》り返《かえ》った。

……よかった。詩音の部屋、カーテンが閉まっている。

私は、ホッとして自分の部屋の窓を閉めた。

窓ガラスにうつった自分の顔は、涙《なみだ》でぐしゃぐしゃになっていた。

この顔を、詩音に見られなくてよかった。

また明日。

さっき、詩音はそう言った。

詩音、ごめん。

明日、私はここからいなくなるんだよ。

詩音、ありがとう。

この町が、私のふるさとだと言ってくれて嬉《うれ》しかった。

詩音、大好きだよ。

また明日《あした》、じゃなくて、本当は「サヨナラ」なんだ。

13
私《わたし》が選ぶ道。

別れのときでも、朝はいつもと同じようにやってくる。

いつもよりずいぶん早い時間に朝ご飯をすませると、タクシーが来るまで、私は二階の部屋で過《す》ごすことにした。

私がここへ引《ひ》っ越《こ》してくると知って、おじいちゃんとおばあちゃんが買いそろえてくれた机《つくえ》や本棚《ほんだな》といった家具ともお別れだ。少しでも目に焼きつけておこう。

ピンク色のフレームがついている全身がうつる鏡の前に立って身なりを整える。

この鏡も「杏都《あんづ》ちゃんは、オシャレだから、こういうのが絶対《ぜったい》に必要だと思ってね」そう言って、おじいちゃんが組み立ててくれたんだ。

思いだすと、鼻の奥《おく》がツンとする。

いけない、油断《ゆだん》すると、すぐに泣きそうになってしまう。

一度泣いたら、きっと悲しい気持ちは止められなくなってしまうだろう。だから、私は、泣かない。

私《わたし》は、鏡のなかの自分をきっとにらみ、髪《かみ》を後ろで一つに結んだ。髪を結んでいる黒いヘアゴムを隠《かく》すように、水色のリボンのバレッタをつける。串本《くしもと》さんからもらった、詩音《しおん》のシャツとおそろいの布《ぬの》でできたリボンのバレッタ。そう、私には、ここでできた宝物《たからもの》がたくさんある。離《はな》れていたってさみしくない。

時計は、七時ちょっと過《す》ぎをさしている。今日は土曜日で学校は休みだから、朝寝坊《あさねぼう》の詩音は、おそらく九時近くまで寝ているはずだ。

昨日の夜、詩音からもらった手作りのタイムカプセル……。

私は、ボストンバッグに手を伸《の》ばした。詩音からもらったタイムカプセルは、このなかに入っている。そのとき、部屋の戸が静かにノックされ、お母さんがやってきた。

「杏都、タクシーが来たわ。電車の時間もあるから、早く行きましょう」

身支度《みじたく》をすませたお母さんが言う。

「うん。わかった」

タイムカプセルを確《たし》かめることをあきらめ、私はボストンバッグを肩《かた》にかけた。

外に出て、家の前に停《と》まっているタクシーの後部座席《こうぶざせき》に乗《の》り込《こ》む。

「杏都、荷物はトランクに入れてもらう？」

お母さんに聞かれたけれど、私《わたし》は「ううん」と首を横に振《ふ》る。

「自分で持てるよ」

私は、ボストンバッグを膝《ひざ》の上に置き、それを抱《かか》えるようにして座《すわ》っていた。

「杏都ちゃんと、一つ屋根の下で暮《く》らしたなんて、おじいちゃんにとって一生の思い出になったよ。また、いつでも遊びにおいで」

タクシーの窓《まど》からこっちをのぞきこんだおじいちゃんが言った。

「おばあちゃんは？」

私が言うと、おじいちゃんは、困《こま》ったように頭をかいた。

「いやあ、すまないね。杏都ちゃんと別れるのがつらいって、出てこられないみたいなんだ。大丈夫《だいじょうぶ》、後で電話するから、おばあちゃんの相手をしてやってくれると助かるな」

「わかった。私、向こうに着いたら、すぐに電話をするね」

「ああ。何時でもいいからね」

電車の出発時刻《じこく》が近づいていることもあり、おじいちゃんとの会話もここまで。

「それじゃあ、お父さん。本当にお世話になりました」

お母さんが言って、タクシーの窓が閉《し》まる。

タクシーが走りだすと、私は、すぐに後ろを振り返り、窓からおじいちゃんの姿《すがた》を見た。

大きく手を振《ふ》っているおじいちゃんがあっというまに小さくなっていく。

「おじいちゃん……」

次は、いつ会えるだろう。遊びにおいでって言われたけれど、私《わたし》は、もう『ここから商店街《しょうてんがい》』に遊びに行くことなんて、できないよ。だって、だまって去っておいて、都合のいいときだけ、のこのこ遊びに行くなんて、どんな顔をしてみんなに会えばいいのだろう。月曜日、学校が始まって、みんなが真実を知ったら、きっと、私のことなんて嫌《きら》いになっているよ。

駅までは、タクシーで十分くらい。

私は、ボストンバッグを開けて、なかから詩音にもらったタイムカプセルを取りだした。ボストンバッグをトランクに入れなかったのは、このためだ。

……開けていいよね。

詩音には申《もう》し訳《わけ》ないけれど、二十歳《はたち》になる前に、今、ここでタイムカプセルを開けてしまおう。

そして、これが私のお別れの儀式《ぎしき》。

タイムカプセルを開けると同時に、詩音への想《おも》いは断《た》ち切《き》る。それでいい。

丁寧《ていねい》に貼《は》られたガムテープをはがし、箱を開けると、なかに入っていたのは、写真だった。

写真のなかでは、私と瑠奈《るな》が並《なら》んで笑っていた。この写真、文化祭の日に視聴覚室《しちょうかくしつ》でお弁当《べんとう》を食べていたとき、詩音が撮《と》ってくれた写真だ。本当なら、来週の月曜日に学校で貼りだすはずの写真。詩音ったら、どうやって手に入れたのだろう。

写真は、もう一枚《まい》あった。

……文化祭のミニチュアの街だ。

『思《おも》い出写真館《でしゃしんかん》、二年《ねん》二組《くみ》』で私《わたし》の班《はん》が作ったミニチュアの街。

もしかして……。

私は、文化祭が終わった後、教室に一人でいた詩音のことを思いだした。

あのとき、詩音はこの写真を撮っていたのかな。

さらに、なかに入っていた紙をひろげる。

紙は、学校で使うノートをやぶったものだとすぐにわかった。詩音のことだ、力まかせに引きちぎったのだろう。片方《かたほう》がギザギザになっている。

……便せんじゃないのが、詩音らしいな。

ノートをちぎった紙には、見慣《みな》れた詩音の文字が並《なら》んでいた。

『手紙なんて、小学校で、敬老《けいろう》の日《ひ》に近所のお年寄《としよ》りに手紙を書きましょうっていうの以外、おれは書いたことがない。

だけど、おまえに、どうしても言いたいことがあるから、こうやって書いてる。

小さいころ、最初に会ったとき、おまえは一人で泣いてたよな。

いっしょに夕メシを食ったときも、おまえはなんだかさみしそうだった。

文化祭の写真、見たか？

おれの腕《うで》がいいのか、なかなかよく撮《と》れた。

おまえは、こんなふうに笑うことができるんだ。

だから、いつも、こういうふうに笑ってろよ！

これを読んでいる今も、そうだといいけど。

そんだけ！

しおんより。』

ふふっと、口のはしから笑いがもれた。

そんだけ！　って……。それだけ伝えるために手紙を書いたの？　っていうか、手紙というには短すぎるよ。

それに、おまえ、おまえって。

私《わたし》にはちゃんと「杏都」っていう名前があるって言ったのに。窓《まど》に貼《は》り紙《がみ》をして訴《うった》えたこともあったっけ。

――『だから、いつも、こういうふうに笑ってろよ！』

……写真のなかの私が笑っているのは、これを撮ったのが詩音だから。このときの私は、カメラを構《かま》える詩音に向かって笑いかけていたんだよ。『椿《つばき》写真館』の春木《はるき》さんは、撮影《さつえい》をするときに、うつすひとのことを好きになると言っていた。だから、写真にうつる側だった私《わたし》は、シャッターがきれる瞬間《しゅんかん》まで、撮《と》ってくれるひとに「大好き」という気持ちを送っていたんだ。けっして詩音には届《とど》かないとわかっていても……。

あれ？　まだなにか入っている……。

箱のなかに入っているものを取りだしてみる。

これって……。

『ばかみたいって言われてもいいよ。田代《たしろ》杏都』

まぎれもなく私の文字で書かれたその言葉。

箱のなかに入っていたのは『ここから商店街』の『ほしぞら祭《まつ》り』のときに私が書いた七夕の短冊《たんざく》だった。

どうして、これを詩音が持っていたの？

心拍数《しんぱくすう》が速くなっていく。私は、ふるえる手で短冊を裏返《うらがえ》した。そして、そこに書かれていたのは……。

『杏都、おまえの道を行け!!　桜井《さくらい》詩音』

その、けっして上手とは言えない、いびつな文字を見たとたん、がまんしていた涙《なみだ》があふれだした。涙《なみだ》が、胸《むね》のなかで眠《ねむ》っていた気持ちを呼《よ》び起《お》こすように、記憶《きおく》が巻《ま》き戻《もど》る。

——「みんなの助けがあったとしても、最後の最後に自分を救《すく》えるのは、自分自身だよ」

胸の奥《おく》で、串本さんの声が聞こえる。

——「おねえちゃんは、ゆずれないものをそっちで見つけたんじゃないの？」

月乃《つきの》の声が聞こえる。

——「杏都ちゃんが選びたい道を選んでいいんだよ。おばあちゃんや、おじいちゃんが力になれることがあったら、遠慮《えんりょ》なく話して。迷惑《めいわく》だなんて思わないで、言っていいのよ。杏都ちゃんに頼《たよ》りにされたら、むしろ嬉《うれ》しいくらいなんだから」

おばあちゃん……。

ほかにも『ここから商店街』で出会ったみんなが、私《わたし》を呼んでいる。

目を閉《と》じると、浮《う》かんでくる風景には、ど派手《はで》なフルーツ柄《がら》のカーテンがある。そして、それを開けると……。

——「杏都ー！」

窓《まど》の向こうで、詩音が私を呼んでいる。

私は……。

私は、その声にこたえたい！

自分の声で、その名前を呼《よ》びたい。

詩音！

「……お母さん」

私《わたし》は、涙《なみだ》でぐしゃぐしゃになった顔でお母さんを見つめた。

「私、行けない。お母さんといっしょには、行けないよ」

「杏都……？」

私は、涙をぬぐって、タクシーの運転手さんに向かって言った。

「すみません！　私、ここで降《お》ります。停《と》めてください！」

「杏都?!　どうしたの？」

私の腕《うで》を握《にぎ》ってきたお母さんの手を、反対側の手で優《やさ》しくほどく。

「お母さん……。私『ここから商店街』に残る。もう決めたの。高校受験も、こっちでする。おじいちゃんとおばあちゃんといっしょに、あの家で暮《く》らしていきたい。お父さんとお母さんが離婚《りこん》しても、しなくても、そんなことは関係ないの。これは私の問題って、今、はっきりわかったの！」

心の底でくすぶっていたのは、これだったんだ。

お父さんとお母さんの選ぶ道に、私が振《ふ》り回《まわ》されることはない。

恋愛《れんあい》なんて一生しないと決めていた私《わたし》が『ここから商店街』で詩音を好きになった。

私は、自分の心からわき出る気持ちを怖《こわ》がっていただけ。

だけど、もう迷《まよ》わない！

ここへ来たときは、お母さんについてきただけ。でも、今の私は、自分の意思でここに残ることを選ぶんだ。

ここで生きていく！

ばかみたいって言われてもいいよ。だけど、これが、私の選ぶ道だから！

タクシーの運転手さんが「どうします？　電車、間にあいませんよ」とバックミラー越《ご》しに私たちを見た。

お母さんは、静かにため息をつき、言った。

「わかった。杏都は、もう決心したのね」

その目を見たら、どれだけ真剣《しんけん》かわかるわ。お母さんは、そう言って、小さな子どもにするように、私のほおを両手ではさみ、額《ひたい》と額をくっつけた。

「……わたしの知らない間に、すごく大きくなっちゃったのね」

お母さんは、私から手を離《はな》した。そして、タクシーから降《お》りようとする私の背中《せなか》を、静かに押《お》した。

その瞬間《しゅんかん》、私《わたし》は感じていた。

私は「お母さんの娘《むすめ》である杏都」から「田代杏都」という一人の人間になったことを。ううん、私だけじゃない、きっと誰《だれ》もが、この世に生まれたときから、かけがえのない、世界でたった一人の自分であることにはまちがいない。私が、今、感じたこの想《おも》いは、お母さんの支《し》配《はい》からぬけでて、自分の道を歩み始めた自覚が芽生えたということなのだろう。

「向こうに着いたら連絡《れんらく》するわ。後で、またゆっくり話そうね」

お母さんが言って、私は「うん」とうなずく。

そう、進む道がちがっても、お母さんは、私にとってたいせつなひとであることに変わりはないから。

タクシーが走り去るのを見送ってから、私は、ボストンバッグを肩《かた》にかけ、走りだす。

めざすは『ここから商店街』。

14 うちに帰ろう。

『ここから商店街《しょうてんがい》』に向かって、私《わたし》は走る。

この町で、私は詩音《しおん》に出会って、初めての恋《こい》をした。

それは、今まで知らなかった私との出会いでもあったのだ。

今までは、大きな街にのみこまれるようにして、なんとなく生きていた私。それが、ここへ来たら、町といっしょに呼吸《こきゅう》し、共に生きている実感がわいてきた。

詩音に「杏都《あんづ》」と名前を呼《よ》ばれて、体が熱くなったあの瞬間《しゅんかん》。

私は、生まれて初めて、正真正銘《しょうしんしょうめい》の「田代《たしろ》杏都」になれた気がした。

それは、お父さんとお母さんの敷《し》いたレールの上しか歩けなかった自分との決別でもあったんだ。

私は、私の道を行く。

もちろん、そのためには、たくさんのひとたちの助けを借りなくてはいけない。だけど、そのことに私《わたし》は遠慮《えんりょ》したり、負い目を感じたりしない。

手を差《さ》し伸《の》べてくれたひとたちには、大人になって、いつか、きっとそれ以上のものを返せるように、今という一瞬《いっしゅん》を悔《く》いなく生きる。今は、まだ中学生の私。だけど、大人になる日は必ずやってくるのだから。

『ここから商店街』の通りが見えてきた。街灯にかけられた商店街の旗が風に揺《ゆ》れている。

大きな荷物を肩《かた》にかけ商店街を駆《か》けぬけていく私のことを、道行くひとがなにごとかと振《ふ》り返《かえ》って見ている。

そのとき、向こう側から、こちらへ走ってくるシルエットが見えた。

「……詩音?」

私は走るスピードをあげ、詩音に向かっていく。

「杏都!」

「詩音!」

私たちは、ちょうど『ここから商店街』の真ん中でおちあった。

「はあ、はあ……。おまえの、ばーちゃんに聞いて走って、きたんだ。ダッシュすれば、駅まで間にあうかもって……。はあ、それが、おまえ、なんでこんなとこにいるんだよ」

いつものように窓越《まどご》しに声をかけたが、反応《はんのう》がないため『和菓子《わがし》のかしわ』へ行き、そこで詩音は、私《わたし》がすでに出発したことを知ったという。

……おばあちゃんったら、詩音には本当のことをあっさり話してしまったんだ。おばあちゃんのことだからウソをつくことはしたくなかったのだろう。

詩音は、体を曲げ膝《ひざ》に手をつき、荒《あら》い呼吸《こきゅう》を繰《く》り返《かえ》している。

私も、肩《かた》で息をしながら、なんとか言葉を発する。

「途中《とちゅう》で……タクシーを降《お》りて、走ってきたの……」

理由を言おうとする前に、詩音がふたたび口をひらいた。

「だまって勝手にいなくなるなよ！」

詩音がどなる。あまりの迫力《はくりょく》に、私は、びくっと身をすくめた。

怒《おこ》っているような詩音の態度《たいど》に、私のなかにある「素直《すなお》になれないスイッチ」が作動してしまう。

「そ、そんなこと言ったって……。私なんて、いてもいなくても詩音は変わらないでしょ」

ああ、やっちゃった。私、どうしてこんなこと言っちゃうんだろう。本当は、目の前にいる詩音が大好きで、こうしてまた会えただけで嬉《うれ》しいのに。たまに、気持ちと行動がまったく反対になってしまう。

「いてもいなくても変わらない？　変わりまくりだよ！」

詩音は続ける。

「なんでもかんでも一人で決めて、言うだけ言って、こっちの気持ちは聞かないのかよ」

詩音は、一瞬《いっしゅん》、私《わたし》から目線をはずし、なにかを決心したように空中をにらみつけた。そして、また私をまっすぐに見て、言った。

「杏都が好きだ」

耳の奥《おく》がキーンとする。なんだか自分の体から自分のたましいがぬけでていっちゃいそうな感覚がして……。

「おれが女子ギライを克服《こくふく》したのも、杏都だったからだ。リハビリなんかじゃない！　あのとき笑ったのは、恥《は》ずかしかったからだよ！　おまえと出会わなかったら、今でも、きっと女子と話なんかできてない。いてもいなくても、どっちでもいいやつとなんか、祭り行ったり、商店街いっしょに歩いたりするかよ。全部、杏都だからだろ！」

詩音、今、話していること、ホントなの？

これ、夢《ゆめ》じゃないの？

「ハロウィンイベントの、あのときだって、本当はめちゃくちゃ嬉《うれ》しかったのに、聞こえなかったフリして、スルーするなんて、かっこわるくて、情《なさ》けなくて、家帰って、すっごく落《お》ち込《こ》んだ」

あの偶然《ぐうぜん》の告白《こくはく》、ちゃんと詩音に届《とど》いていたんだ。

ふっと足の先から力がぬけて、私《わたし》は、ボストンバッグを地面に落とし、その場にしゃがみこんでしまった。

「お、おい。どうしたんだよ！　大丈夫《だいじょうぶ》か？」

詩音は、あわててその場にしゃがみ、私の顔をのぞきこんで、言った。

「腹《はら》でも痛《いた》くなったのかよ」

さっきまでの雰囲気《ふんいき》を台なしにする詩音のセリフに、私は、ふっと笑ってしまった。

「……ちがうよ」

嬉《うれ》しくて、力がぬけただけ。

下を向いているのは、涙《なみだ》を見られたくなかっただけ。

私は、急いで涙をぬぐうと、立ち上がり、胸《むね》をはった。

今日の私は、串本《くしもと》さんのお店でひとめぼれした、あのワンピースを着ている。

このワンピースを着て、詩音に気持ちを伝えたいという願いは、かなう。

まだ、間にあう。

「詩音。私、詩音が好き」

詩音の顔が、一瞬《いっしゅん》で真っ赤になる。そして、私から目をそらし、

「ばーか。知ってるし」

そう言った。

ドキドキと早鐘《はやがね》をうっていた心臓《しんぞう》も徐々《じょじょ》に落ち着いてきた。

「ねえ、詩音。うちに、帰ろうか」

私《わたし》の言葉に、詩音が「うちって？」と顔をしかめる。

「決まってるでしょ。『和菓子のかしわ』と『桜井《さくらい》薬局』。私たち、隣同士《となりどうし》じゃない？　帰る方向はいっしょでしょ」

「えっ……。それじゃ、杏都、おまえ……」

私は、詩音に向かって笑った。

今の私が、うまく笑えているか、自分ではよくわからない。ねえ、詩音の目に、私はどう見える？

「ん」

詩音が、私に向かって片手《かたて》を差しだしてきた。

「帰るか、いっしょに」

詩音……。

私は、ドキドキしながら、詩音に向かってあいているほうの手を差しだした。

「よし、行こう」

詩音が、ぎゅっと私《わたし》の手を握《にぎ》った。

小さなころ、お父さんやお母さんとつないだ手の感触《かんしょく》とは、全然ちがう。あのころは、小さな私の手が、大きな手にすっぽりと包まれるようになっていた。今、詩音とつなぐ手は、お互《たが》いに、ほぼ同じ大きさ。それは、親に守られていたころとちがって、今は、手をつなぐ相手と対等に生きていけるくらいに私が成長したということだ。

つないだ手から、お互いを思いあう気持ちが流《なが》れ込《こ》んでくるみたいで、くすぐったくて、でも、気持ちいい。

「あ、荷物。持つから、貸《か》せよ」

詩音が言ったので、遠慮《えんりょ》なく手伝ってもらうことにした。

「重いな。いったいなに入ってんだよ」

「え？　着替《きが》えでしょ？　あと、コスメと、ヘアアイロンと……」

「うわ。チャラいな〜、おまえ」

「あのねえ、ちゃんと教科書とか参考書も入ってます！　むしろ、それが重いの。ねえ、詩音、二学期の成績《せいせき》は大丈夫《だいじょうぶ》なんでしょうね？　また夏休みのときみたく、スマホとりあげられないよう、気をつけなさいよ」

「はいはい。わかりました、杏都ねーちゃん」

「なにそれ。同い年じゃない」

「杏都のほうが誕生日《たんじょうび》が早いから、そのぶん、年上だろ」

「ほんの少しだけね」

好きという気持ちを確《たし》かめあった後なのに、相変わらずロマンチックのかけらもない私《わたし》たち。でも、いいの。これが、私たちだから。

お互《たが》いに顔を見合わせて笑った後、詩音が「あっ」となにかに気づいた。

「その……髪《かみ》につけてるやつ、なんていうんだ？」

「ああ、これ？　バレッタだよ」

「その水色って……」

「そう、詩音のシャツとおそろいだよ。串本さんが作ってくれたの」

「へー、そっか。いいじゃん、それ」

詩音は、照れたように鼻の頭をかいた。

「詩音。ごめんね。私、あのタイムカプセル、開けちゃったの」

私が白状《はくじょう》すると、詩音は「なっ……」と言った後、むっつりと口を引き結び、だまってしまった。

「ごめん、怒《おこ》ってる？　でも、私《わたし》、あのタイムカプセルの中身を見て、自分の気持ちがはっきりわかったの」

「……じゃあ、タイムカプセルを開けなかったら、今、杏都はここにいないってことか？」

「うん」

詩音のタイムカプセルが、私を『ここから商店街』に呼《よ》び戻《もど》したんだ。

「そっか。それじゃあ、開けたことも許《ゆる》す！」

詩音は言って、「あの手紙とか、めちゃくちゃ恥《は》ずかしいけど」とぼそっとつけ足した。

「そういえば、詩音。あの写真、どうしたの？　文化祭の……」

「ああ。金曜日の放課後、写真のことで『椿《つばき》写真館』に行ったんだ。そうしたら、ひとあし先に何枚《なんまい》かもらえたから、おまえに見せたくて」

「あの、短冊《たんざく》は？」

「あれは……。『ほしぞら祭《まつ》り』のときに、杏都らしくておもしろい短冊だったから、むしってとってきた」

「勝手に?!　だめじゃない」

「でも、いいだろ。結果、こうして杏都に返したんだから」

「まあ、そうだけど……」

「『ばかみたいって言われてもいいよ』」

詩音が言ったのは、私《わたし》が短冊《たんざく》に書いた決意表明。

「そうだよな。人類で初めて空を飛んだひととか、地球は丸いってことを発見したひとなんか、周りのみんなに最初は『なに言ってんだ？　ばかじゃねーの？』って、からかわれたかもしれない。それでも、自分をつらぬいたから……そういうひとたちがいてくれたから、おれたちが生きてるこの世界が続いてるのかもな」

そう言って詩音は、つないだ手に力を込《こ》めた。

15 そして、また一日が始まる。

朝、布団《ふとん》のなかで目を覚ますと、視界《しかい》にとびこんでくるのは、板張《いたば》りの古い天井《てんじょう》。そのまま、ゆっくりと部屋を見回すと、次に目に入るのは、ど派手《はで》なフルーツ柄《がら》のカーテン。

おはよう。今日も、ここでの一日が始まるんだ。

制服《せいふく》に着替《きか》え、下へおりていくと、あんこが炊《た》けるいいにおいが私《わたし》を包《つつ》み込《こ》む。

『和菓子《わがし》のかしわ』の朝は早い。おじいちゃんとおばあちゃんは、まだ空が暗いうちからお店に並《なら》ぶ和菓子づくりにとりかかるのだ。

「おはよう、おばあちゃん」

台所へ行くと、おばあちゃんが朝ご飯の支度《したく》をしていた。

「杏都《あんづ》ちゃん、おはよう」

「私、手伝うよ」

お味噌汁《みそしる》をあたためていたおばあちゃんの横へ立つ。

「そう？　ありがとう。じゃあ、おばあちゃんは、その間、ちょっとお店の準備《じゅんび》をさせてもらうわね」

おばあちゃんが作業場へ行ってしまうと、私《わたし》は火加減《ひかげん》を見ながら、お味噌汁《みそしる》をあたため、ご飯をお茶わんによそう。魚を焼くグリルから鮭《さけ》を取りだして、それもお皿に盛《も》りつける。

自分で言うのもなんだけど、だんだんうまくなってきた。今までみたいに、なんでもおばあちゃんにやってもらうわけにはいかないのだ。

食卓《しょくたく》に並《なら》ぶお皿は、三人分。

おじいちゃんと、おばあちゃんと、私。

私は、この家で生きていくことを選んだ。

両親は、私の選択《せんたく》に反対はしなかった。それに、戸籍上《こせきじょう》は、私はお父さんとお母さんの子どもであることに変わりはない。

この状態《じょうたい》を、父方のおばあさまに知られたら、なんと言われるか……。両親のもとへ戻《もど》ってきなさいと血相を変えて言われるだろう。だけど、そんなことぐらいで、私の決心は揺《ゆ》らいだりしない。

くるなら、どーんとこいっ！　そんなかんじかな。

お母さんは、今、元の家でお父さんと、妹の月乃《つきの》と暮《く》らしている。だけど、私は知っている。お母さんが、ここで和菓子職人《わがししょくにん》になるために修業《しゅぎょう》することに心残りを感じていること。自分が考案したレシピを今でもたいせつに持っていることを……。私《わたし》は、そう遠くない未来に、お母さんがここへ戻《もど》ってくるのではないかと思っている。だけど、もし、そうじゃないとしても、私は、お母さんが選ぶ道を見守っていきたい。母と子。でも、私とお母さんは別々の人間。歩んでいく道がちがってしまうときがあっても、つながりが切れたわけじゃない。それに、私は、お母さんとは別の道を選んでよかったと今は思うのだ。なぜなら、自分で選択《せんたく》した道を歩むことによって、それまで、あいまいだった「田代杏都《たしろ》」としての輪郭《りんかく》が、はっきりしてきたから。背筋《せすじ》に、見えない芯《しん》が入れられたような、前よりも、しっかりした姿勢《しせい》で、この世界に立っているのを実感している。

「おはよう、杏都ちゃん。毎朝、お手伝いしてもらって助かるよ」

お店の名前が胸《むね》に刺繡《ししゅう》してある白衣に身を包んだおじいちゃんがやってきた。

「おはよう、おじいちゃん」

おじいちゃんに続いて、おばあちゃんもやってきて、三人で食卓《しょくたく》につく。

「いただきます」

これが、私が住む『和菓子のかしわ』での朝の風景。

朝ご飯を終え、歯みがきもすませると、私《わたし》は、通学に使うリュックをとりに、ふたたび二階の部屋へ行く。

リュックを背負《せお》って、あとは出発するだけなのに、私はどうしても気になってしまう。

あいつ、もしかして、まだ寝《ね》てるの？

時計を見ると、七時四十分。もうそろそろ起きないと、学校に遅刻《ちこく》してしまう。

仕方ない、起こしてやるか。そう思って、フルーツ柄《がら》のカーテンを開けると……。

「あ」

隣《となり》の家の窓《まど》から、制服姿《せいふくすがた》で、身支度《みじたく》も完了《かんりょう》している詩音《しおん》がこっちを見ていた。

私は、窓を開け、詩音に向かって話しかける。

「ふーん。早起きしようと思えばできるんだ」

詩音は「はっ」と息を吐《は》き、あきれたように言う。

「ここで『詩音くーん、いっしょに学校行こ！』って言ってくれたら、完璧《かんぺき》なのになー」

私のセリフの部分だけ、声色《こわいろ》を高くして言う詩音を、冷めた目で見つめる。

「完璧な子なんか、つまんないでしょ。私、学校、行こーっと」

「あっ、おい、待てよ。おれも行く！」

窓を閉《し》め、部屋を出て階段《かいだん》をおりていく。詩音も同じようにして階段をおりて外へ向かっていると思うと、私《わたし》は、こみあげる笑《え》みをおさえきれなかった。

「いってきまーす！」

外へ出ると、同じタイミングで詩音も『桜井薬局《さくらい》』から飛びだしてきた。

「い、いっしょに学校行こうぜっ」

私は、ぷっとふきだして、笑ってしまった。

わかってる。これが詩音の、せいいっぱいの愛情表現《あいじょうひょうげん》なのだ。そして、私は、詩音のこんな不器用なところが好き。

『桜井薬局』から、ほうきを持った詩音のお母さんが出てくる。

「詩音が寝坊《ねぼう》しなくなったのは杏都ちゃんのおかげね。ありがとう」

詩音のお母さんが、にっこり笑う。

「今度は、寄《よ》り道《みち》しないでちゃんと学校に行くように見張《みは》ってくれる？」

詩音のお母さんに言われて、私は「はい」とうなずく。

「ちゃーんと連れていきます」

そのやりとりを見ていた詩音が「だあっ」とずっこける。

「なんだよ、それ。おれ、幼稚園児《ようちえんじ》並《な》みの扱《あつか》いじゃん」

「あら、幼稚園児のほうがおりこうさんかもしれないわねえ」

お母さんのツッコミに、詩音は「うっ……」と言葉につまった。

「も、もう早く行こうぜ！　じゃあな、母ちゃん」

「はいはい、いってらっしゃい」

『ここから商店街《しょうてんがい》』に並《なら》ぶお店は、どこもあわただしく開店の準備《じゅんび》をしている。「おはよう」「おはようございます」とあいさつを交《か》わしながら、私《わたし》は詩音と並んで歩く。

少し歩いたところで、詩音が私に話しかけてきた。

「タイムカプセルのことなんだけど」

「え？」

「杏都、言っただろ？　二十歳《はたち》のときに、自分がいなかったら、おれにかわりに開けてほしいって。あれ、なかになんて書いたんだよ」

文化祭で作ったタイムカプセル。

あのときは、もう二度と詩音には会えないと思って、自分の気持ちを書いたんだ。

「なあ、教えてくれよ」

詩音の問いかけに、私は、くすっと笑って、

「二十歳になって、タイムカプセルを開けたときに教えてあげるよ」

と言った。

「なんだそれ。おまえは、おれがあげたタイムカプセルを勝手に開けたくせに。ずるいぞ！」

「それとこれとは、別」

「はあ？　同じだろ？　なんだよ、けち」

「なんとでも言ってよ」

詩音。

心のなかで話しかける。

詩音。タイムカプセルに書いたこと、本当は、もうとっくに詩音に伝わってるんだよ。


『二十歳《はたち》のタイムカプセル。

田代杏都。

今、これを書いているとき、私《わたし》は中学二年生の十四歳《さい》。

二十歳になった私は、覚えていますか？

十四歳の私が、初めて恋《こい》をしたことを。

私は、隣《となり》に住んでいる桜井詩音が好きです。

最初の印象《いんしょう》は、最悪でした。口は悪いし、女子が苦手だと突《つ》き放《はな》してきたと思ったら、ひとの気持ちに勝手にふみこんできて、おせっかいをする。意味がわからないよね。だけど、一人になったときにわかりました。

私《わたし》が、詩音に助けられていたことを。

詩音は、私がいたから「女子ギライを克服《こくふく》」できたと言いました。私も、同じだったんです。

詩音がいたから、ひとを好きになれました。

誰《だれ》も好きになんかならない。恋愛《れんあい》なんか、一生しない！　そう思っていた私が、詩音を好きになりました。

この出来事は、私にとって一生の宝物《たからもの》です。

私は、洋服やオシャレが大好きです。だけど、洋服や、バッグや、靴《くつ》は、どんなにたいせつにしていても、いつか形がなくなってしまいます。私の手から、消えてしまうときもあります。でも、詩音を好きだという気持ちは、思い出は、誰にうばわれることもありません。これは、すごい宝物です。永遠《えいえん》に、私のもの。

この宝物を、いつまでも忘《わす》れないでいてください。

十四歳《さい》の私は、初めての気持ちにとまどいながらも、一生懸命《いっしょうけんめい》、生きていました。』

吉田桃子の本

『ラブリィ!』

主役がブスで、何が悪い!?

中2男子の拓郎《たくろう》は、自主製作映画の主人公・涼子《りょうこ》が、みんなからブスと言われていることに疑問をもっている。拓郎は、涼子に不思議な魅力を感じているのだ。その魅力はいったい何なのか？　人間はなぜそんなに見た目を気にするのか？　そんな疑問の答えを拓郎は探していく。「見た目」とは何なのかをユーモラスにテンポよく探究する意欲作。

四六判ハードカバー　232ページ
ISBN978-4-06-220602-0
定価：本体1300円(税別)

第57回
講談社
児童文学新人賞
受賞

第51回
日本
児童文学者協会
新人賞
受賞

こんなに「もじゃ」なのって、世界中で私一人だけなの!?

『moja』

中2女子・理沙《りさ》は、毛深いのが悩み。長袖を着てしまえばバレないから、周りからは何の悩みもないと思われているけれど、心のなかは「もじゃ」のことでいっぱい。プールをさぼったり、脱毛サロンに行ってみたり、毛と格闘する毎日のなかで、悩める乙女は自分を受け入れられるのか!?

もっとかわいくなりたいすべての女の子たちへ。

四六判ハードカバー　208ページ
ISBN978-4-06-515401-4
定価：本体1300円(税別)

吉田桃子の本

『ばかみたいって言われてもいいよ①』

私、一生、恋愛しません！

ファッションが大好きな独身貴族ＪＣ・杏都《あんづ》は、両親の別居騒動に巻きこまれ、思いがけず田舎で暮らすことになった。部屋のカーテンを開けたら、目にとびこんできたのは、同い年の裸のオトコのコ！　……いったい、これからどうなっちゃうの!?「自分をだして生きていこう！」というエールがこもった、キュン度100％の青春ラブ！

四六判ハードカバー　192ページ
ISBN978-4-06-518079-2
定価：本体1300円（税別）

詩音が、好き。

『ばかみたいって言われてもいいよ②』

田舎暮らしにもすっかり慣れた杏都《あんづ》。よく話しているからか、なんだかいつも、詩音《しおん》のことばかり考えている。そんななか、商店街のレポート動画をつくってSNSにアップしたら、思いのほかバズっちゃって、外に出るのも怖いと感じるように。家に閉じこもる杏都を外に連れ出したのは、またしても……!?　キュン度100%の青春ラブ、第2巻！

四六判ハードカバー　208ページ
ISBN978-4-06-519930-5
定価：本体1300円（税別）

吉田桃子《よしだももこ》

1982年生まれ。福島県郡山市在住。日本児童教育専門学校絵本童話科を卒業。2015年、第32回福島正実記念ＳＦ童話賞で佳作に入選。2016年、第2回小学館ジュニア文庫小説賞で金賞を受賞し、『お悩み解決！　ズバッと同盟』（小学館ジュニア文庫）として刊行される。第57回講談社児童文学新人賞を受賞して『ラブリィ！』を刊行し、同作で第51回日本児童文学者協会新人賞を受賞。その他の作品に『moja』（講談社）がある。

ばかみたいって言《い》われてもいいよ ③

2020年 7 月27日　第 1 刷発行

著者	吉田桃子《よしだももこ》	発行所	株式会社 講談社 〒112-8001 東京都文京区音羽2-12-21 電話　編集03-5395-3535 　　　販売03-5395-3625 　　　業務03-5395-3615
絵	ゆの	印刷所	共同印刷株式会社
発行者	渡瀬昌彦	製本所	株式会社 若林製本工場
装丁	城所 潤（JUN KIDOKORO DESIGN）	本文データ制作	講談社デジタル製作

N.D.C.913 223p 20cm ISBN978-4-06-520282-1

本書は書きおろしです。